Jejak di Langit Senja

Dayat Suryana

Published by Dayat Suryana, 2025.

This is a work of fiction. Similarities to real people, places, or events are entirely coincidental.

JEJAK DI LANGIT SENJA

First edition. November 10, 2025.

ISBN: 979-8232896324

Written by Dayat Suryana.

Daftar Isi

Bab 1. Langit yang Mengingat

Senja di kota Lembah Nirmala selalu datang dengan warna aneh.

Tidak oranye, tidak merah, tapi seperti ungu yang direndam air hujan, samar, dingin, dan terlalu tenang untuk disebut indah. Orang-orang bilang, warna itu adalah sisa doa-doa yang tak sampai.

Raka berdiri di depan toko buku tua yang hampir roboh di ujung Jalan Beringin. Plang kayunya sudah lapuk, tulisannya nyaris tak terbaca: ***"Pustaka Seroja – Sejak 1952"***. Hanya huruf "S" dan "a" yang masih menempel utuh; sisanya dimakan karat dan waktu.

Ia menatap kaca etalase yang berdebu. Di baliknya, barisan buku-buku tua seperti menatap balik dengan mata kusam. Raka tidak tahu kenapa ia datang ke sini sore itu. Ia hanya mengikuti firasat, semacam tarikan halus di dalam dada, seperti seseorang memanggil dari kejauhan.

Pintu kayu berderit ketika didorong. Aroma lembap bercampur debu menyambut. Rak buku berdiri miring, beberapa bahkan disangga bata. Di sudut ruangan, kipas tua berputar malas, menguarkan suara seperti dengungan serangga.

"Cari buku, Nak?"

Suara seorang pria tua membuatnya menoleh. Dari balik rak muncul sosok kurus dengan rambut perak panjang sebahu. Matanya tajam, meski tubuhnya rapuh. Di dadanya tergantung kacamata bulat.

"Iya, Pak. Saya cuma lihat-lihat."

Pria tua itu mengangguk pelan. "Silakan. Tapi hati-hati, beberapa rak sudah rapuh. Buku-buku di sini suka jatuh kalau disentuh sembarangan."

Raka mengangguk dan mulai berjalan menyusuri lorong rak. Ada sesuatu yang menenangkannya — kesunyian, aroma kertas tua, dan cahaya jingga dari jendela tinggi yang pecah di satu sudut. Debu beterbangan seperti bintang-bintang kecil di udara.

Ia melewati rak bertuliskan **“Sastra Dunia”**, **“Filsafat”**, lalu berhenti di bagian **“Lokal dan Arsip Lama”**. Deretan buku di situ tampak paling kusam. Judul-judulnya asing — *“Catatan Tua Lembah Nirmala”, “Arsip Cuaca 1968”, “Babad Sungai Lembah”.*

Tapi satu buku mencuri perhatiannya.

Buku bersampul kulit gelap tanpa judul. Tidak ada tulisan, tidak ada hiasan, hanya sebuah **lambang kecil** di tengah, garis melengkung menyerupai sayap burung yang patah.

Raka menyentuhnya. Debu menempel di ujung jarinya. Kulit buku itu dingin, terlalu dingin, seolah bukan benda mati.

“Yang itu,” suara pria tua dari belakang membuatnya terkejut, “tidak untuk dijual.”

Raka menatapnya. “Kenapa?”

Pria tua itu terdiam sesaat, lalu berkata pelan, “Karena tak ada yang mengembalikannya dengan selamat.”

Raka mengernyit. “Mengembalikan? Buku ini milik pinjaman?”

“Bukan. Tapi setiap orang yang membacanya... mereka berubah.”

Nada suaranya rendah, nyaris seperti gumaman.

Raka menunggu penjelasan, tapi pria tua itu berbalik perlahan, berjalan ke arah meja kasir di depan.

Raka menatap kembali buku itu. Ada sesuatu yang menekan di dadanya, antara rasa takut dan rasa ingin tahu yang membara. Ia membuka halaman pertama.

Tulisan tangan memenuhi kertas kusam berwarna krem. Tidak rapi, seperti ditulis terburu-buru.

Di pojok atas tertulis nama:

“A.N. Tahun 1984.”

Ia membaca kalimat pertama:

“Langit senja hari itu tidak memantulkan cahaya matahari, tapi wajah seseorang yang sudah lama mati.”

Raka berhenti membaca.

Ada sesuatu yang bergetar di tenggorokannya, rasa aneh seperti deja vu. Kata-kata itu terasa familiar, seolah ia pernah membacanya di tempat lain. Tapi di mana?

Ia menutup buku itu cepat-cepat.

Dan saat itulah, sesuatu terdengar dari luar — **bunyi dentingan logam** seperti rantai jatuh di jalan.

Pria tua di depan juga menoleh. "Angin," katanya singkat. Tapi Raka tahu itu bukan angin.

Ia mendekap buku itu, lalu membawanya ke meja kasir.

"Boleh saya pinjam saja, Pak? Saya akan kembalikan besok."

Pria tua itu menatapnya lama. "Kau yakin ingin membacanya?"

"Ya."

Pria tua itu menarik napas, lalu mengambil sebuah pena dari saku bajunya. Ia menulis sesuatu di selembar nota lusuh. "Kalau kau dengar suara di halaman ketujuh belas, jangan menoleh. Tutup bukunya dan simpan di bawah bantal semalaman. Besok kembalikan ke sini."

Raka ingin tertawa, tapi sorot mata pria itu membuatnya tidak bisa. Ia menerima buku itu dengan tangan gemetar.

Sebelum keluar, ia sempat menoleh.

"Nama Bapak siapa?"

"Orang-orang dulu memanggilku **Pak Surya**," katanya, "tapi di buku itu, namaku sudah ada."

Langit senja menyelimuti kota dengan warna ungu suram saat Raka melangkah pulang melewati gang sempit.

Kota Lembah Nirmala tampak seperti kota yang lupa cara tertawa. Jalanan sepi, hanya terdengar suara azan magrib yang menggema lembut dari musala ujung jalan. Angin membawa aroma tanah basah dan daun jati yang gugur.

Raka tinggal di rumah peninggalan ayahnya, tak jauh dari rel kereta yang sudah tak aktif. Rumah itu besar tapi sunyi. Dindingnya dipenuhi bingkai foto lama, wajah orang-orang yang nyaris ia lupakan.

Ibunya meninggal ketika ia masih kecil. Ayahnya, seorang peneliti geologi, menghilang tujuh tahun lalu dalam ekspedisi di pegunungan sekitar kota. Tak ada jasad, tak ada penjelasan. Sejak saat itu, Raka hidup sendirian.

Malam itu, ia duduk di meja kerja, menyalakan lampu kecil, dan meletakkan buku tua itu di depannya.

Kulitnya tampak semakin gelap di bawah cahaya lampu, seperti menyerap cahaya.

Ia membuka halaman pertama lagi.

Tulisan itu masih sama, baris-baris kalimat yang seperti bergema di kepalanya. Ia membaca perlahan, suaranya nyaris berbisik.

"Langit senja hari itu tidak memantulkan cahaya matahari, tapi wajah seseorang yang sudah lama mati.

Aku melihatnya di atas menara jam kota, menatap ke arahku dengan senyum yang tak berubah sejak hari kecelakaan itu."

Raka berhenti.

Menara jam kota.

Ia tahu tempat itu, menara tua di alun-alun, yang konon dibangun sejak zaman Belanda. Sudah lama tidak berfungsi, tapi setiap jam enam sore, jarumnya masih bergerak sendiri, meski tak ada mekanisme yang tersisa di dalam.

Ia lanjut membaca.

"Aku menulis ini agar orang lain tahu, waktu di kota ini tidak berjalan seperti biasa.

Ia berputar, melingkar, dan menelan siapa pun yang mencoba memahaminya."

Raka merasakan bulu kuduknya berdiri. Ada sesuatu yang berdesir di udara, seperti hembusan napas di tengkuknya. Ia berhenti di halaman tujuh belas. Ingat pesan Pak Surya — jangan menoleh kalau mendengar suara.

Dan benar saja.

Ada **ketukan pelan** di jendela.

Sekali.

Dua kali.

Tiga kali.

Raka menahan napas.

Ia menatap halaman tujuh belas — kosong. Tidak ada tulisan.

Hanya noda hitam seperti bekas sidik jari terbakar.

Ketukan itu berhenti.

Sunyi.

Ia menutup buku itu cepat-cepat, lalu meletakkannya di bawah bantal, seperti yang diperintahkan. Jantungnya berdetak keras. Ia mencoba memejamkan mata, tapi setiap kali ia hampir tertidur, ia mendengar sesuatu — bisikan samar, seperti suara seseorang menyebut namanya:

"Raka..."

Ia membuka mata. Ruangan gelap, hanya cahaya bulan menembus tirai.

Ia duduk, napasnya tercekat.

Dan saat ia menoleh ke arah jendela, **ada bayangan seseorang berdiri di luar.**

Bentuknya samar, tapi tinggi. Bahunya miring, seperti menanggung beban berat. Bayangan itu menatap langsung ke arah Raka, lalu menghilang perlahan ke dalam kabut.

Raka tidak bisa bergerak selama beberapa menit. Ia baru sadar kakinya gemetar.

Di luar, suara jangkrik lenyap, digantikan bunyi berdengung aneh, seperti jarum jam berputar cepat.

Dan di dinding kamar, **jam tua peninggalan ayahnya**, yang sudah rusak bertahun-tahun, tiba-tiba berdetak.

Tik.

Tik.

Tik.

Jarumnya menunjuk pukul **18:00.**

Waktu senja.

Padahal malam sudah lewat pukul sepuluh.

Keesokan paginya, Raka bangun dengan kepala berat. Mimpi semalam terasa nyata, suara ketukan, bayangan di jendela, dan detak jam yang masih terngiang. Ia membuka bantal; buku tua itu masih di sana. Tapi sesuatu berubah.

Kulit sampulnya tidak lagi gelap. Kini berwarna **cokelat muda**, dan di pojok bawah ada **tulisan baru** yang kemarin belum ada:

"Kau sudah melihatnya, bukan?"

Raka menatap tulisan itu lama. Tangannya gemetar. Ia tahu ia harus mengembalikannya ke toko. Tapi sebagian dirinya ingin tahu lebih jauh. Siapa yang menulis kalimat itu? Apa hubungannya dengan ayahnya yang hilang?

Ia memutuskan untuk kembali ke Pustaka Seroja pagi itu.

Namun ketika ia tiba di sana, bangunan itu **sudah tidak ada.**

Yang tersisa hanya lahan kosong dipenuhi ilalang dan bekas pondasi terbakar.

Raka berdiri terpaku.

Orang-orang sekitar yang lewat hanya menggeleng ketika ia bertanya.

"Dulu memang ada toko di situ, Nak," kata seorang ibu tua sambil menenteng keranjang sayur, "tapi sudah kebakar dua puluh tahun lalu. Orangnya, Pak Surya, meninggal di dalam."

Raka terdiam. "Dua puluh tahun lalu?"

"Iya. Katanya kebakaran terjadi sore-sore... waktu senja. Tapi anehnya, setiap tanggal enam bulan November, orang-orang bilang mereka lihat cahaya dari tempat itu, kayak lampu toko yang hidup lagi."

Hari itu tanggal **6 November.**

Raka menatap buku di tangannya. Kulitnya kini terasa hangat.

Dan di balik halaman pertama, muncul sebaris tulisan baru, tinta masih basah, seperti baru ditulis:

"Langit senja belum selesai bicara, Raka.

Kembalilah ke menara jam."

Langit mulai berubah warna, ungu lembut, seperti darah yang larut di air.

Dan dari kejauhan, Raka mendengar bunyi detak jam kota berdentang **enam kali.**

Padahal waktu di arlojinya baru menunjukkan **pukul sebelas siang.**

Bab 2. Bayangan di Menara Jam

Langit siang itu menggantung berat, meski matahari belum sepenuhnya tertutup. Awan kelabu menggulung di atas kota Lembah Nirmala, seperti menahan sesuatu yang belum ingin dilepaskan.

Raka berdiri di tepi alun-alun, menatap **menara jam tua** yang menjulang di tengah lapangan.

Struktur itu tampak seperti luka yang belum sembuh, dindingnya penuh lumut, cat mengelupas, dan jarum jam besar di puncaknya berhenti pada angka **enam**. Persis seperti waktu yang berdetak semalam di rumahnya.

Di sekitarnya, anak-anak kecil berlari mengejar bola, seolah menara itu hanyalah bangunan biasa. Tapi bagi Raka, menara itu kini berdenyut, seolah memanggil.

Ia memegang buku tua di dalam tas, memastikan benda itu masih di sana. Kulitnya terasa hangat, bahkan di udara dingin. Ia melangkah pelan menuju pagar besi yang mengelilingi menara. Pintu gerbangnya dikunci rantai, tapi di antara celah besi, ada ruang cukup untuk seseorang yang berani memaksa masuk.

Raka ragu sejenak, lalu menyelipkan tubuhnya.

Udara di dalam lebih lembap, lebih dingin. Bau besi karat dan lumut menyesakkan dada.

Dari dekat, menara itu tampak lebih tua dari yang ia ingat. Di bawahnya terdapat pintu kayu berat, terkunci dengan gembok besar berkarat. Ia berjongkok, menelusuri permukaan tanah, dan menemukan **bekas jejak sepatu**, masih baru.

Seseorang pernah ke sini. Baru-baru ini.

"Eh, kamu juga mau liputan?"

Suara perempuan dari belakang membuatnya hampir melompat. Ia menoleh cepat.

Seorang gadis berdiri di luar pagar, memegang kamera kecil. Rambut hitamnya diikat asal, wajahnya tertutup masker, tapi matanya tajam dan penuh rasa ingin tahu.

"Liputan?" ulang Raka.

"Iya. Aku dari *Lembah Post*. Lagi bikin feature soal 'Legenda Menara Jam'. Tapi kamu... kayaknya bukan wartawan ya?"

Raka menatapnya ragu. "Aku cuma... penasaran."

"Penasaran? Sama tempat yang katanya berhantu ini?"

Gadis itu menurunkan maskernya, menampakkan senyum miring.

"Aku Sinta."

"Raka."

Sinta menatap buku yang menonjol dari tas Raka. "Buku apa itu?"

Raka cepat menutup resleting. "Cuma buku tua. Bukan urusan penting."

Sinta mengangkat alis, tapi tidak memaksa. "Kamu tahu, tujuh tahun lalu ayahmu sempat dikaitkan sama tempat ini."

Raka terpaku.

"Dari mana kamu tahu?"

"Aku lagi riset buat artikel. Nama ayahmu muncul di arsip kota. Katanya waktu sebelum hilang, dia datang ke menara jam ini sendirian malam-malam."

Raka menatap menara itu lagi.

Angin tiba-tiba berembus kuat, membuat dedaunan di sekitar bergemerisik seperti bisikan.

Sinta mengeluarkan selembar foto dari tasnya.

"Nih, kamu lihat ini."

Foto itu sudah kusam, hitam-putih. Tampak seorang pria berdiri di depan menara — wajahnya jelas **ayah Raka**. Tapi di sebelahnya, ada **seseorang lain**. Wajahnya ditutupi bayangan.

"Aku nemu ini di arsip perpustakaan kota," kata Sinta. "Tanggalnya... 6 November, tujuh tahun lalu. Hari terakhir ayahmu terlihat."

Raka menelan ludah.

Tanggal yang sama dengan hari ini.

"Dan tahu nggak?" lanjut Sinta. "Ada laporan warga soal cahaya aneh muncul dari atas menara setiap tanggal enam. Persis jam enam sore. Katanya bentuknya kayak... sayap besar di langit."

Sayap.

Simbol yang ada di sampul buku tua itu.

Raka membuka tasnya, hendak menunjukkan buku itu, tapi tiba-tiba udara di sekitar berubah.

Jam di puncak menara **bergetar pelan**.

Denting pertama terdengar.

"TANG"

Padahal belum jam enam.

Sinta dan Raka sama-sama menatap ke atas. Jarum jam yang tadinya berhenti kini bergerak, perlahan tapi pasti.

"Gimana bisa...?" bisik Sinta.

Raka tidak menjawab. Ia membuka buku di tangannya.

Halaman di dalamnya bergetar, dan tinta di sana seperti **bergerak sendiri** membentuk kalimat baru:

"Waktu mulai berputar lagi. Jangan percaya bayangan di bawah menara."

Sinta mendekat. "Apa itu?"

Raka menutup buku cepat-cepat. "Nggak usah dekat-dekat!"

Terlambat.

Bayangan panjang muncul di tanah di depan mereka, padahal matahari tertutup awan. Bayangan itu bukan milik mereka. Bentuknya melengkung seperti manusia dengan satu tangan terlalu panjang.

"Lari," kata Raka cepat.

Mereka berdua mundur, keluar dari pagar. Tapi bayangan itu bergerak mengikuti, menempel di tanah seperti makhluk cair.

Dari arah bawah menara terdengar **suara gesekan besi**, seolah gembok besar sedang diputar dari dalam.

"Raka... itu pintunya!"

Pintu kayu berat itu bergetar. Lalu terbuka **sedikit**, memperlihatkan kegelapan di dalam — dan suara samar seperti seseorang berbisik dari baliknya:

"Kembalikan buku itu..."

Sinta menjerit kecil, tapi Raka menariknya menjauh. Mereka berlari menyusuri alun-alun, napas terengah. Di belakang mereka, suara dentang jam terus berdentum, enam kali.

Setiap dentang terasa seperti gema di dada, membuat dunia di sekitar bergetar.

Ketika dentang terakhir berhenti, semuanya sunyi.

Burung-burung di pepohonan hilang. Angin mati.

Mereka berhenti di pinggir taman.

Sinta memegang dadanya. "Apa barusan... nyata?"

Raka tidak menjawab. Ia membuka buku itu lagi, dan kali ini di halaman tengah muncul foto hitam-putih baru, masih basah seolah baru dicetak.

Itu **foto mereka berdua**, berdiri di depan menara beberapa detik lalu. Tapi di belakang mereka, tampak sosok ketiga, siluet tinggi tanpa wajah, berdiri di balik pagar besi.

Sinta menatap buku itu dengan wajah pucat.

"Itu... kapan kamu ambil fotonya?"

"Aku nggak pernah ambil," jawab Raka pelan.

Ia menutup buku itu dengan cepat.

Benda itu kini berdenyut seperti jantung.

Mereka duduk di warung kopi tua di seberang taman.

Pemilik warung, seorang bapak tua berkemeja lusuh, menatap mereka heran. "Kalian dari tadi pucat banget. Lihat hantu, ya?"

Sinta tersenyum canggung. "Mungkin aja, Pak."

Raka hanya diam, matanya terpaku pada buku di meja.

Bapak itu menyalakan rokoknya. "Menara jam itu memang angker. Dulu, waktu masih muda, saya kerja jadi tukang bersih di sana. Tapi setelah kebakaran tahun 1984, nggak ada yang berani naik lagi."

Raka menoleh. "Kebakaran?"

"Iya. Katanya bukan kebakaran biasa. Ada percikan cahaya aneh dari puncak menara, bentuknya kayak sayap. Setelah itu, waktu di jam kota berhenti tepat jam enam sore. Sejak hari itu, kota ini... rasanya nggak pernah sama lagi."

Raka dan Sinta saling pandang.

Tahun **1984**. Tahun yang sama tercatat di halaman pertama buku itu.

Bapak tua itu melanjutkan, "Orang-orang bilang, kebakaran itu nyambung sama kejadian hilangnya beberapa warga. Salah satunya penjaga arsip kota, namanya..."

Ia mengerutkan dahi, mencoba mengingat.

"...Surya. Ya, Pak Surya. Orangnya pendiam, suka nulis catatan di buku kulit. Setelah kebakaran, dia hilang. Ada yang bilang arwahnya masih suka muncul di toko bukunya."

Raka memejamkan mata.

Jantungnya berdetak makin keras. Ia sadar kini, buku yang ia pegang **bukan sekadar catatan.**

Itu mungkin peninggalan terakhir Pak Surya.

Sinta mencondongkan tubuh. "Raka, kalau semua ini terkait sama ayahmu, berarti... dia mungkin juga tahu soal Pak Surya."

Raka mengangguk pelan.

"Tapi kenapa semuanya selalu berputar di tanggal enam November? Tahun 1984, tujuh tahun lalu, dan sekarang... semuanya di tanggal yang sama."

Sinta menatap menara jam dari jauh.

"Mungkin waktu di kota ini memang berhenti di tanggal itu."

Malamnya, Raka kembali ke rumah.

Buku tua itu ia letakkan di meja kerja, tapi kali ini ia menyalakan kamera ponsel dan merekam setiap halamannya. Ia ingin bukti. Ia ingin tahu apakah tulisannya benar-benar berubah sendiri atau hanya imajinasinya.

Saat kamera menyala, halaman ketiga puluh tiba-tiba bergetar. Huruf-hurufnya muncul satu per satu, seperti ditulis tangan tak terlihat:

"Jangan percayai gadis itu."

Raka menatap layar ponsel, huruf-huruf itu benar-benar ada.

Ia menoleh ke arah jendela, dan sekelebat bayangan bergerak cepat di luar rumah.

Ia mematikan kamera.

Membuka pintu.

Keluar ke halaman.

Udara malam terasa beku.

Dari kejauhan, menara jam tampak seperti siluet hitam di langit ungu senja yang belum padam sepenuhnya. Dan di puncaknya — samar tapi jelas, ada **cahaya berbentuk sayap** yang berkibar pelan, seperti memanggil.

Raka berdiri lama menatapnya.

Lalu berbisik pada dirinya sendiri:

"Apa sebenarnya yang kau sembunyikan, Ayah?"

Dari balik bayangan pepohonan, seseorang sedang mengawasinya.

Lensa kamera mengintip dari balik daun.

Dan di layar kecil kamera itu, wajah Raka terbingkai jelas, dengan **bayangan kedua** berdiri tepat di belakangnya.

Bab 3. Malam Keenam

Malam jatuh di Lembah Nirmala dengan cara yang tidak wajar.

Langit tampak seperti kaca hitam yang retak, setiap bintangnya seolah terengah, berkelip lalu padam.

Raka duduk di kursi kayu di ruang tengah rumahnya, menatap layar laptop yang menampilkan hasil rekaman dari siang tadi.

Ia memutar ulang bagian ketika huruf-huruf di buku tua itu muncul sendiri.

Frame demi frame, ia perhatikan perlahan.

Pada menit ke-03:16, tulisan *"Jangan percayai gadis itu"* benar-benar terbentuk dari kertas kosong. Huruf demi huruf, seperti darah yang merembes dari dalam kertas.

Raka memundurkan video.

Ada sesuatu di latar belakang, bayangan samar di jendela, di belakang dirinya. Bukan refleksi, karena bayangan itu bergerak berlawanan arah.

Bentuknya mirip seseorang... atau sesuatu yang berdiri membungkuk.

Ia menghentikan video.

Menatap layar kosong beberapa detik.

Lalu menutup laptop dengan cepat.

Ponselnya bergetar. Pesan dari **Sinta.**

Sinta: "Aku dapet sesuatu dari arsip kota. Nama ayahmu muncul di laporan tahun 1984."

Sinta: "Ada fotonya juga. Bisa ketemu sekarang?"

Raka: "Sekarang jam 10 malam, Sin."

Sinta: "Tolong, ini penting. Aku di perpustakaan kota. Sendirian."

Raka menatap jam dinding, jarumnya berhenti di angka **enam** lagi.

Ia berdiri, meraih jaket, dan membawa buku tua itu.

Perpustakaan kota Lembah Nirmala terletak di sisi utara alun-alun, bangunan kolonial dengan jendela tinggi dan pintu kayu berat.

Lampu jalan di sekitar padam sebagian, menyisakan cahaya kuning yang redup.

Ketika Raka tiba, pintu depan sedikit terbuka, berayun pelan.

"Sinta?" panggilnya.

Suara bergema di dalam, tapi tidak ada jawaban.

Ia melangkah masuk.

Udara di dalam terasa dingin dan berdebu. Aroma kertas tua memenuhi hidungnya.

Lampu gantung di tengah ruangan berayun lambat, menimbulkan bayangan panjang di dinding.

Raka menyusuri lorong rak buku.

"Sinta?" suaranya bergetar kali ini.

Lalu ia melihat sesuatu di lantai, sebuah kamera kecil tergeletak. Kamera milik Sinta.

Ia memungutnya. Layar LCD-nya retak, tapi lampu indikator masih menyala merah.

Artinya, rekaman terakhir belum berhenti.

Ia menekan tombol **play.**

Suara napas cepat terdengar, lalu langkah kaki terburu-buru. Gambar berguncang, memperlihatkan lorong perpustakaan yang sama dengan tempatnya berdiri sekarang.

Suara Sinta terdengar:

"Aku nemu berkasnya... tapi ada orang di sini... bukan penjaga... dia—"

Rekaman berhenti tiba-tiba.

Lalu terdengar **denting jam** dari kejauhan.

Raka menatap layar kamera yang kini hitam.

Lalu menoleh ke arah suara denting itu, datang dari ruang arsip bawah tanah, di belakang perpustakaan.

Pintu besi ruang arsip setengah terbuka.

Dari celahnya keluar cahaya pucat keperakan.

Raka menelan ludah, lalu melangkah mendekat. Setiap langkah terasa seperti menuruni detak jantungnya sendiri.

Tangannya menyentuh pintu, mendorong perlahan. Engselnya berdecit panjang.

Ruang arsip itu luas, dipenuhi lemari logam dan map-map tebal. Tapi semua tampak berantakan, seolah ada yang mencarinya dengan tergesa.

Di lantai, sebuah map terbuka bertuliskan:

"Proyek Nirmala – 1984"

Ia jongkok, membacanya.

Di dalamnya ada foto hitam-putih: **ayahnya**, berdiri di depan menara jam bersama dua orang lain.

Satu wajah jelas, Pak Surya.

Satunya lagi dihapus tinta hitam pekat.

Di bawah foto, catatan tangan kecil:

"Eksperimen berhasil. Tapi efek waktunya tidak bisa dihentikan."

Raka mengerutkan kening. "Eksperimen?" gumamnya.

Suara langkah kaki membuatnya menoleh cepat.

Tapi lorong kosong.

Kemudian sesuatu berjatuhan dari rak logam, tumpukan map, keras dan berisik.

Raka mundur, matanya terbelalak.

Dari kegelapan di ujung lorong, **ada seseorang berdiri.**

Tingginya hampir menyentuh langit-langit, bahunya bengkok aneh, dan wajahnya... wajah itu **tidak memiliki mata.**

Hanya dua lubang hitam menganga.

Raka terpaku.

Makhluk itu melangkah perlahan ke arahnya, langkahnya menyeret, seperti suara logam diseret di lantai.

Raka berbalik, berlari keluar ruangan. Ia hampir tersandung, tapi terus berlari menembus pintu utama perpustakaan.

Begitu ia keluar, udara malam menerpanya, tapi dinginnya seperti dari dunia lain.

Ia menoleh ke belakang.

Menara jam di alun-alun bersinar.

Jarumnya bergerak cepat, *tik tik tik tik*, memutar mundur, lalu berhenti di angka enam.

Dari puncak menara, muncul **cahaya sayap besar**, membuka perlahan seperti makhluk bangkit dari tidur panjang.

Dan dari bawah menara, **terdengar jeritan.**

Suara perempuan.

Sinta.

Raka berlari ke arah sana. Napasnya terputus-putus, tapi ia terus memaksa.

Namun ketika sampai di bawah menara, alun-alun kosong. Tak ada siapa pun.

Hanya syal merah milik Sinta tergeletak di rumput.

Basah.

Dan di atasnya, setetes darah menetes dari udara, bukan dari langit, tapi dari **arah jam** di puncak menara.

Raka mendongak.

Cahaya sayap itu perlahan memudar, tapi di tengah-tengahnya ia sempat melihat sesuatu, siluet perempuan tergantung di antara roda jam, tubuhnya berayun pelan, wajahnya menatap ke bawah dengan mata terbuka lebar.

Sinta.

Raka berteriak, tapi suaranya tertelan oleh dengung jam yang berdentang keras, **enam kali.**

Setiap dentang membuat tanah bergetar halus.

Ia mundur, matanya berkaca-kaca. Buku tua di dalam tasnya tiba-tiba panas, nyaris membakar kulit. Ia merogoh cepat, mengeluarkannya.

Sampulnya kini berubah warna, merah gelap, seperti daging terbakar.

Dan di tengahnya muncul kalimat baru, goresannya kasar, terbentuk dari darah:

"Waktu menagih namanya.

Satu sudah hilang.

Kau berikutnya."

Raka menjatuhkan buku itu ke tanah. Napasnya berat, dada sesak.

Ia menatap menara jam yang kini kembali diam. Cahaya padam. Jarum berhenti di angka enam.

Namun di kejauhan, di balik kabut, ia melihat seseorang berdiri menatapnya, sosok dengan mantel panjang, wajah tertutup topi.

Orang itu mengangkat tangannya, seolah memberi isyarat: **"Diamlah, atau mereka juga akan hilang."**

Raka tahu satu hal pasti malam itu:

Misteri ini tidak lagi sekadar tulisan di buku tua.

Ia kini hidup, bergerak, dan memakan siapa pun yang berani membacanya.

Dan di bawah langit senja yang menolak padam, Raka sadar, **waktu di Lembah Nirmala tidak berjalan maju. Ia sedang berbalik.**

Bab 4. Catatan yang Hilang

Hujan turun tipis sejak dini hari, membasahi seluruh kota.

Raka berdiri di depan jendela rumahnya, menatap jalan yang lengang. Embun di kaca membentuk pola aneh seperti guratan jari.

Di meja belakangnya, buku tua itu terbuka, halaman-halamannya bergetar pelan meski tidak ada angin.

Ia belum tidur semalaman. Gambar terakhir yang tertinggal di kepalanya adalah tubuh Sinta yang tergantung di roda jam menara, matanya menatap kosong ke bawah. Tapi ketika ia kembali ke sana pagi ini bersama beberapa warga... **tidak ada apa-apa.**

Tidak ada tubuh. Tidak ada darah. Tidak ada tanda kejadian.

Bahkan syal merah yang ia temukan semalam, menghilang.

"Dia mungkin masih hidup," gumamnya sendiri, mencoba meyakinkan hati yang hancur.

Raka membuka laptopnya. Ia memutar rekaman kamera Sinta yang ia ambil dari perpustakaan. Kali ini ia menelusuri setiap frame, memperlambat bagian terakhir.

Di detik ke-47, tepat sebelum rekaman berhenti, muncul bayangan samar, **siluet seseorang di belakang Sinta.**

Sosok itu tinggi, memakai mantel panjang, wajah tertutup topi. Sosok yang sama yang Raka lihat di alun-alun malam itu.

Raka menekan *pause.*

Wajahnya memucat.

Siapa pun orang itu, dia bukan bayangan.

Siang harinya, Raka mendatangi kantor polisi setempat.

Bangunan tua berwarna hijau muda itu terletak di samping pasar. Bau ikan asin bercampur debu memenuhi udara.

Di dalam, seorang polisi paruh baya bertubuh tambun menatap Raka dengan wajah skeptis.

"Jadi kamu bilang... temanmu hilang di perpustakaan?"

"Iya, Pak. Nama dia Sinta Pratiwi. Wartawan *Lembah Post*. Saya lihat dia terakhir semalam. Ada rekaman yang"

"Rekaman?" Polisi itu menghela napas. "Nak, sudah berapa kali saya bilang, jangan percaya dengan hal-hal aneh di sekitar menara jam itu. Sudah banyak laporan ngawur. Ada yang bilang lihat cahaya, dengar suara orang memanggil dari dalam jam, atau lihat sosok berkepala burung. Semua sama, omong kosong."

"Tapi ini bukan omong kosong!" Raka mengeluarkan kamera Sinta. "Lihat sendiri"

Polisi itu mengangkat tangan, menolak. "Kami sudah cari pagi ini. Tidak ada jejak apa pun di perpustakaan. Tidak ada darah, tidak ada tanda perkelahian. Dan tidak ada wartawan yang melapor hilang. Nama 'Sinta Pratiwi' juga tidak ada di catatan kantor koran itu. Saya sudah cek."

Raka terdiam. "Tidak ada...?"

"Tidak ada. Mungkin kamu salah ingat."

Salah ingat?

Raka hampir tertawa getir.

Ia keluar dari kantor polisi dengan dada panas. Hujan kembali turun deras, membasahi trotoar. Ia menatap langit. Warna ungu keabu-abuan itu lagi, warna yang sama setiap kali sesuatu buruk terjadi.

Di pinggir jalan, sebuah kios koran tua berdiri setengah terbuka.

Ia mendekat, menatap tumpukan edisi lama. Tiba-tiba matanya menangkap satu lembar koran kusam bertanggal **6 November, tujuh tahun lalu.**

Judulnya:

"Jurnalis Muda Hilang Misterius di Menara Jam"

Nama korban: **Sinta Pratiwi** (22)

Tangan Raka bergetar.

Ia menatap tanggalnya.

Tujuh tahun lalu, **hari yang sama** ketika ayahnya menghilang.

Raka memutar otaknya cepat.

Jika benar Sinta yang ia temui adalah orang yang sama dengan yang hilang tujuh tahun lalu...

Maka dengan siapa ia berbicara selama dua hari terakhir?

Ia menatap hujan deras di depan.

Dunia terasa bergeser sedikit dari porosnya.

Sore itu, Raka memutuskan kembali ke perpustakaan kota.

Ia tidak peduli ancaman apa pun.

Buku tua di tangannya seolah berdenyut, seakan tahu bahwa ia akan menemukan sesuatu.

Lorong menuju ruang arsip kini ditutup dengan papan kayu bertuliskan:

"Dilarang Masuk – Dalam Perbaikan"

Tapi papan itu tidak bisa menghentikannya. Ia menyelinap lewat jendela samping.

Di dalam, udara lebih berat daripada kemarin.

Ia menyalakan senter kecil. Cahaya kuning menyorot rak-rak berdebu.

Ketika ia mencapai meja di tengah ruangan, sesuatu menarik perhatiannya.

Sebuah map hitam tertulis tangan: **"Proyek Nirmala – Dokumen Tambahan."**

Ia membukanya. Di dalamnya, laporan eksperimen ilmiah yang aneh:

"Objek eksperimen: Menara Jam Kota Nirmala."

"Tujuan: Uji pembengkokan gelombang waktu melalui resonansi bunyi (6 dentang)."

"Penanggung jawab: Dr. Surya Atmadja."

"Asisten lapangan: D. Wirantara (ayah Raka)."

Raka membaca dengan mata membesar.

Ayahnya terlibat langsung.

Dan nama Pak Surya, pria tua pemilik toko buku itu, ternyata adalah ilmuwan proyek tersebut.

Tiba-tiba, lampu senter Raka berkelip.

Cahaya meredup, lalu mati.

Dalam kegelapan, ia mendengar sesuatu.

Langkah kaki.

Pelan, teratur, mendekat.

Raka menahan napas.

Ia memundurkan tubuhnya ke dinding. Tapi langkah itu berhenti di belakangnya.

Lalu terdengar bisikan lirih di telinganya — suara perempuan.

"Kau menemukan apa yang seharusnya tidak kau baca, Raka..."

Ia menoleh cepat.

Tidak ada siapa pun.

Tapi udara di sekitar tiba-tiba mendingin.

Raka menyalakan senter kembali, kali ini ia melihat sesuatu di lantai: **bekas jejak kaki basah**.

Menuju ke arah dinding bata belakang.

Ia mengikuti perlahan. Di dinding itu, ada celah kecil, seperti pintu rahasia.

Raka menekan sisi batu bata, dan dinding itu berputar, memperlihatkan tangga menurun ke bawah tanah.

Udara dari bawah berembus lembap dan berbau besi.

Ia menuruni tangga, satu per satu, sampai tiba di ruang bawah tanah gelap.

Cahaya senter menyorot ke sekeliling. Ruangan itu dipenuhi **jam**, puluhan, ratusan jam berbagai ukuran, semuanya rusak tapi berdetak pelan tidak serempak.

Suara *tik-tok* bersahutan, membentuk ritme seperti napas makhluk hidup.

Di tengah ruangan, berdiri sebuah **kursi logam besar** dengan sabuk kulit di lengannya.

Di dinding belakang kursi, tertempel foto-foto orang yang hilang, puluhan wajah dengan tanggal di bawahnya.

Dan di pojok kanan bawah, foto ayah Raka.

Di sampingnya, **Sinta.**

Raka melangkah mendekat.

Tangannya menyentuh kaca bingkai. Dingin.

Tapi di bawah foto Sinta, tanggalnya... **6 November, 2018.**

Tujuh tahun lalu.

Hari yang sama ketika ayahnya menghilang.

Hari yang sama ketika ia bertemu Sinta kembali dua hari lalu.

"Eksperimen resonansi waktu berulang setiap 7 tahun sekali."

Tulisan itu terpahat di dinding, pudar tapi masih terbaca.

Raka mengangkat senter, menyorot sekeliling.

Lalu ia melihat sesuatu di lantai, sebuah rekaman kaset pita tua bertuliskan:

"Surya Log #6"

Ia mengambilnya, menyimpannya di saku jaket.

Dan saat ia hendak berbalik, suara berdengung memenuhi ruangan.

Semua jam berdetak serempak, keras, cepat, semakin cepat.

Cahaya merah keluar dari celah dinding, dan udara bergetar hebat.

Raka mundur, menutup telinga.

Lalu dari balik cahaya itu muncul bayangan seseorang, tinggi, mengenakan jas laboratorium yang sobek, wajahnya setengah hangus terbakar.

Suara parau terdengar, bergema di ruangan.

"Kau anaknya... akhirnya waktu berputar lagi..."

Raka menatap tak percaya.

"Siapa... siapa kau?"

Sosok itu tersenyum, kulit di pipinya merekah.

"Aku... adalah sisa dari Surya."

Cahaya meledak.

Dan semuanya gelap.

Bab 5. Rekaman Surya

Raka terbangun dengan kepala berat. Dunia di sekelilingnya berputar lambat seperti mimpi buruk yang belum selesai.

Ia masih di ruang bawah tanah perpustakaan, di antara jam-jam yang kini diam.

Udara terasa panas dan berdebu, seolah ruangan itu baru saja terbakar.

Ia duduk perlahan, mencoba fokus. Tangannya masih menggenggam **kaset pita bertuliskan "Surya Log #6."**

Cahaya dari celah tangga menandakan hari sudah sore, warna ungu lembut senja menembus masuk.

Raka bangkit, berusaha menenangkan napas.

Sosok terbakar yang ia lihat tadi... apakah nyata? Atau hanya sisa halusinasi akibat buku itu?

Ia tidak tahu. Tapi satu hal pasti, **ia harus tahu isi rekaman itu.**

Beberapa jam kemudian, Raka duduk di ruang kerjanya di rumah.

Di depannya, pemutar kaset tua milik almarhum ayahnya berdiri berdebu, tapi masih berfungsi.

Ia memasukkan kaset itu perlahan.

Suara statis memenuhi ruangan. Lalu suara berat seorang pria terdengar, parau tapi tegas.

"Ini catatan Surya Atmadja, tanggal 6 November 1984. Hari percobaan keenam."

Raka menegakkan tubuhnya. Suara itu...

Itu suara pria tua di toko buku, **Pak Surya.**

"Gelombang resonansi jam kota menunjukkan aktivitas yang tidak stabil. Dimas sudah memperingatkan agar menghentikan eksperimen, tapi aku tidak bisa. Kita sudah terlalu dekat."

"Menara jam bukan sekadar mesin waktu. Ia adalah *penyimpan ingatan.*"

"Setiap dentang jam bukan hanya memecah udara, tapi membuka celah. Waktu di Lembah Nirmala melipat dirinya sendiri setiap tujuh tahun."

Raka menelan ludah.

Suara di rekaman berhenti sejenak, lalu kembali terdengar, kali ini dengan nada putus asa.

"Dimas... kalau kau dengar ini suatu hari nanti, aku minta maaf. Aku tak tahu apa yang akan terjadi jika resonansi melampaui batas keenam."

"Tapi jika benar teori kita... maka setiap tujuh tahun, kota ini akan mengulang satu hari yang sama — 6 November. Orang-orang akan hidup, mati, lalu muncul lagi, tanpa sadar."

"Hanya mereka yang tersentuh medan jam yang akan mengingat."

Raka menatap jam dinding di rumahnya. Jarumnya tetap berhenti di angka **enam.**

Rekaman berlanjut.

"Dan jika ada seseorang membaca buku ini, buku yang kuserahkan pada waktu, berarti aku gagal menghentikannya. Artinya... putaran ketujuh sudah dimulai."

Suara itu berubah menjadi teriakan.

Jeritan logam. Ledakan pendek.

Lalu hening.

Kaset berputar terus tapi tanpa suara.

Raka memejamkan mata, tubuhnya bergetar.

"Putaran ketujuh..." gumamnya.

Ia membuka buku tua di atas meja. Halamannya kini kosong, kecuali satu kalimat di tengah halaman pertama:

"Kau harus memutus siklus sebelum dentang keenam berikutnya."

Raka menatap ke luar jendela. Langit senja mulai meredup.

Dentang pertama terdengar dari menara jam di kejauhan.

Satu.

Suara itu bergema jauh tapi menusuk ke dada.

Ia berlari ke luar rumah, hujan tipis mulai turun. Jalanan sepi, hanya suara air menetes dan bayangan lampu jalan yang menunduk lelah.

Dentang kedua.

Dua.

Udara tiba-tiba berubah dingin.

Bayangan di trotoar bergerak sendiri, meski tak ada orang.

Dentang ketiga.

Tiga.

Raka menatap ke arah menara jam.

Puncaknya berpendar cahaya lembayung, berdenyut seperti jantung kota yang tak sehat.

Ia berlari menembus kabut menuju alun-alun. Setiap langkah membuat waktu di sekelilingnya terasa melambat, mobil di jalan nyaris tidak bergerak, air hujan membeku di udara.

Dentang keempat.

Empat.

Raka hampir tiba di bawah menara. Tapi seseorang menghadangnya.

Sosok tinggi berjubah gelap, wajahnya tertutup topi, **orang yang ia lihat di rekaman Sinta.**

"Jangan lanjut," suara berat itu bergema, tapi tidak seperti suara manusia.

"Aku tidak ingin melukaimu, Raka."

Raka tertegun. "Siapa kau?"

Sosok itu menurunkan topinya.

Dan Raka membeku.

Itu wajah **ayahnya.**

"Tidak... itu tidak mungkin..."

Tapi mata pria itu kosong, tanpa cahaya, seperti bayangan dari masa lalu.

Dentang kelima.

Lima.

"Pergilah dari sini," kata pria itu. "Kau belum mengerti apa yang sedang terjadi. Aku mencoba menghentikannya, tapi waktu tidak bisa dilawan. Kau hanya akan terjebak seperti aku."

"Ayah... kau masih hidup?"

Pria itu tersenyum pahit. "Tidak. Aku hanya gema dari kesalahan."

Dentang keenam.

Enam.

Langit di atas mereka bergetar.

Cahaya ungu dari puncak menara pecah, membentuk **lingkaran waktu** di udara — pusaran yang menarik udara, suara, dan cahaya.

Raka merasakan tubuhnya tertarik ke dalam, tapi ayahnya mendorongnya jatuh ke tanah.

"Jika kau ingin memutus siklus, cari asal suara di dalam menara. Di balik jam itu ada kunci — 'Nadir Senja'. Hancurkan sebelum waktu berulang lagi!"

Cahaya semakin terang.

Tubuh pria itu mulai terurai seperti debu diterpa angin.

"Ayah!"

Tapi tangan Raka hanya menangkap udara kosong.

Dentang keenam berakhir.

Semuanya hening.

Raka memandang menara jam.

Jarum jam besar kini berputar **mundur**, cepat, seperti waktu sedang menghapus dirinya sendiri.

Ia berlari menaiki tangga besi menara, yang bergetar tiap kali jarum jam berdentang. Tangga itu panjang, sempit, berkarat, dan setiap langkah terasa seperti melangkah ke dalam perut monster.

Di puncak menara, ruangan mesin jam berputar pelan.

Roda logam besar berdentum pelan, berputar mundur, menimbulkan percikan api.

Di tengahnya berdiri sebuah alat aneh berbentuk silinder dengan lambang **sayap patah**, simbol yang sama dari sampul buku.

Raka mendekat.

Di dasar alat itu, ada papan logam bertuliskan:

"Proyek Nirmala – Generator Resonansi Waktu – Model Senja/Nadir."

"Nadir Senja..." gumam Raka.

Kunci waktu.

Ia menatap sekeliling. Di antara roda jam yang bergerak, ia melihat bayangan, sosok perempuan berdiri di ujung platform. Rambutnya terurai panjang, wajahnya basah air hujan.

Sinta.

"Sinta... kau hidup!"

Sinta menatapnya, matanya kosong, tapi bibirnya bergerak.

"Kau tidak seharusnya di sini..."

"Kenapa? Apa yang terjadi padamu?"

"Aku tidak ada di sini sejak tujuh tahun lalu..."

Suaranya menggema aneh, seperti gema dari tempat lain.

"Jika kau hancurkan Nadir Senja, aku juga akan hilang. Tapi kalau kau biarkan, siklus akan terus berulang. Pilih, Raka. Hentikan waktu... atau lepaskan aku."

Raka terdiam, tubuhnya bergetar.

Hujan menetes deras di atas platform, menciptakan ritme seperti detak jantung.

Ia menatap alat di depannya.

Mesin itu bergetar, mengeluarkan cahaya yang semakin kuat.

Ia tahu jika tidak dihancurkan, waktu akan terus melipat dirinya setiap tujuh tahun. Tapi menghancurkannya berarti... Sinta, ayahnya, bahkan seluruh ingatan mereka mungkin akan hilang.

Tangannya gemetar ketika ia menarik palu besi di sisi tangga.

Sinta menatapnya lembut.

"Langit senja ini bukan akhir, Raka. Kadang untuk menyelamatkan waktu, kita harus menghapusnya."

Raka menutup mata.

Dan menghantam mesin itu sekuat tenaga.

Cahaya putih menyilaukan meledak, memenuhi seluruh ruang menara.

Suara logam hancur berpadu dengan suara hujan, angin, dan sesuatu yang menyerupai **jeritan waktu**.

Lalu, semuanya lenyap.

Ketika Raka membuka mata, ia berdiri di tengah alun-alun.

Langit cerah.

Menara jam berdiri tenang. Tidak ada cahaya, tidak ada dentang.

Jam menunjuk pukul **enam pagi.**

Orang-orang berjalan seperti biasa. Anak-anak berlarian, pedagang membuka kios.

Semua normal.

Raka menatap tangannya, buku tua itu sudah tidak ada.

Ia memeriksa tasnya. Kosong.

Dari kejauhan, koran di kios jalan menampilkan tanggal besar di bagian atas:

7 November 2025.

Hari sudah berganti.

Waktu berjalan maju.

Raka menunduk, air mata mengalir tanpa sadar.

Tapi saat ia melangkah pergi, angin membawa selembar kertas menempel di kakinya.

Ia memungutnya.

Ternyata itu **halaman pertama dari buku tua itu.**

Tulisan di tengahnya berbunyi:

"Waktu telah berjalan lagi. Tapi jejak di langit senja... tidak akan pernah hilang."

Raka menatap ke langit.

Awan sore mulai membentuk warna ungu samar di ufuk barat, seperti bekas luka yang belum sembuh.

Dan jauh di puncak menara jam, jarum menit bergerak pelan...

mundur satu detik.

Bab 6. Bayangan yang Tertinggal

Pagi di Lembah Nirmala terlihat begitu tenang, hampir terlalu tenang.

Udara bersih, matahari hangat, dan bau roti panggang dari kedai Bu Wati di sudut jalan mengisi udara.

Namun di balik semua itu, ada rasa ganjil yang Raka tak bisa jelaskan, seperti melangkah di atas kaca yang tampak utuh, tapi retak di bawah permukaan.

Ia duduk di bangku taman, menatap menara jam di kejauhan.

Jarumnya kini bergerak normal, setiap detiknya terdengar lembut dan stabil.

Orang-orang di sekelilingnya tertawa, berbicara tentang hal-hal biasa: harga cabai, pertandingan sepak bola, cuaca minggu depan.

Semua berjalan seolah tak pernah terjadi apa-apa.

Tapi Raka tahu.

Ia tahu ia telah menghancurkan sesuatu di dalam menara itu semalam.

Ia tahu waktu sempat berhenti, dan ia melihat Sinta lenyap di tengah cahaya.

Ia memejamkan mata. Bayangan wajah Sinta masih jelas di sana, seolah menatap dari balik kelopak matanya sendiri.

"Untuk menyelamatkan waktu, kita harus menghapusnya."

Kata-kata itu bergema lagi, membuat dadanya sesak.

Beberapa hari berlalu.

Raka mencoba hidup normal, kembali bekerja di bengkel kecil tempatnya memperbaiki radio dan mesin tua.

Tapi keanehan mulai muncul perlahan.

Setiap kali jam dinding di bengkel menunjukkan pukul **6**, detaknya melambat sepersekian detik.

Lampu neon bergetar.

Dan di cermin bengkel, ia melihat sesuatu, **bayangannya tertinggal seperlahan.**

Awalnya hanya sesaat, tapi semakin lama semakin nyata.

Ketika ia menggerakkan tangan, bayangannya tak langsung mengikuti. Kadang malah tetap menatap ke arah lain.

Raka mencoba menepisnya sebagai halusinasi akibat kurang tidur. Tapi malam itu, sesuatu berubah.

Sekitar pukul enam lewat tiga menit, seluruh listrik di kota mati.

Bengkel mendadak gelap.

Di luar, orang-orang berteriak kecil, bingung.

Raka menyalakan senter dari ponselnya.

Cahaya menyorot meja kerja. Di sana, tergeletak **buku tua** itu.

Padahal buku itu... sudah lenyap. Ia melihatnya terbakar di tangan sendiri di menara.

Tapi kini, buku itu utuh, bahkan sampulnya bersih, seperti baru keluar dari percetakan.

Ia membuka halaman pertamanya dengan jari gemetar.

Tertulis satu kalimat baru di atas kertas putih:

"Waktu memang berjalan, tapi jejaknya menolak terhapus."

Dan di bawahnya, goresan tinta merah:

"Putaran baru telah dimulai."

Raka menjatuhkan buku itu ke lantai.

"Tidak... aku sudah menghancurkan mesinnya!"

Dari luar bengkel terdengar suara dentingan logam, **seperti jam besar yang berdentang jauh di bawah tanah.**

Padahal menara jam tidak berbunyi sama sekali malam itu.

Raka mematikan senter, berlari ke jendela, menatap jalan.

Gelap. Hanya lampu mobil sesekali melintas.

Tapi di seberang jalan, ia melihat seseorang berdiri.

Tubuh perempuan. Rambut panjang. Gaun putih basah.

Sinta.

Raka menahan napas.

"Tidak... kau sudah"

Sinta menatapnya dari balik kaca, senyum tipis di bibirnya.

Lalu, pelan-pelan, ia mengangkat tangannya, dan menunjuk ke arah jam di pergelangan tangan Raka.

Jarum jam itu berhenti di angka **6**.

Detik berikutnya, lampu di bengkel menyala sendiri. Semua radio, televisi, dan mesin tua di ruangan itu menyala bersamaan, menimbulkan **suara bisikan berlapis-lapis**.

Ratusan suara berbicara dalam tempo berbeda, tapi membentuk satu kalimat yang bisa Raka dengar jelas:

"Surya belum hilang."

Raka mundur, tubuhnya kaku.

Buku di lantai kini terbuka sendiri, halamannya berputar cepat tanpa disentuh.

Setiap halaman memperlihatkan **foto hitam-putih** kota Lembah Nirmala dalam waktu berbeda, tahun 1984, 1991, 1998, 2005... hingga sekarang.

Dan di setiap foto, ada **siluet bayangan hitam tinggi** berdiri di dekat menara jam.

Bayangan yang sama dengan yang ia lihat malam ketika Sinta hilang.

Suara radio makin keras.

"Jika waktu dipaksa berjalan lurus, maka bayangan akan tertinggal di belakang..."

Tiba-tiba, dinding bengkel bergetar.

Cermin besar di sudut ruangan retak, dari dalamnya keluar **asap hitam tipis** seperti uap.

Asap itu perlahan membentuk sosok, **bayangan Raka sendiri**, tapi matanya gelap dan gerakannya berlawanan.

Bayangan itu tersenyum.

"Kau pikir waktu bisa diperbaiki tanpa kehilangan?"

Raka menatap dirinya sendiri.

Suara radio dan jam berpadu menjadi dengung menusuk telinga.

"Aku adalah bagian yang tertinggal di siklus keenam," kata bayangan itu. "Selama ada bayangan, waktu tak akan mati."

Raka meraih linggis di sudut meja dan mengayunkannya ke arah cermin.

Cermin pecah berhamburan, tapi bayangan itu tetap berdiri, kini keluar dari kaca, langkahnya tanpa suara.

Ia melangkah mendekati Raka, wajahnya mendekat, berbisik pelan:

"Kau menghancurkan mesin. Tapi kau lupa, mesin hanya wadah. **Sumbernya ada di dalam darah.**"

Raka menatap tangan kanannya.

Urat nadi di bawah kulit berpendar samar warna ungu, berdenyut pelan mengikuti detak jam.

Ia terhuyung, hampir jatuh.

Bayangan itu lenyap perlahan, meninggalkan udara dingin yang menusuk tulang.

Raka duduk di lantai, terengah, memandangi tangan yang bergetar.

Cahaya dari luar kembali normal, listrik menyala lagi, tapi semuanya terasa... lain.

Jam di dinding berdetak cepat, seolah menebus waktu yang hilang.

Ia tahu satu hal: menghancurkan mesin tidak menghentikan siklus.

Siklus itu kini ada di dalam dirinya.

Keesokan harinya, Raka kembali ke toko buku Surya.

Pintu toko tertutup rapat, tapi ada amplop terselip di celah pintu dengan namanya.

Ia mengambilnya. Di dalamnya ada foto, foto lama tahun 1984.

Foto itu memperlihatkan empat orang di depan menara jam:

Surya, ayahnya, Sinta muda, dan... seorang anak kecil berusia sekitar lima tahun.

Anak itu mirip dirinya.

Di belakang foto, tertulis dengan tulisan tangan Surya:

"Putaran baru akan dimulai dari yang lahir di bawah senja keenam.

Waktu memilihmu, Raka."

Raka menatap foto itu, lalu menoleh ke arah menara jam di kejauhan.

Jarumnya baru saja berpindah ke angka **6** lagi.

Dentang lembut terdengar, hanya sekali, tapi cukup untuk membuat udara di sekelilingnya berhenti sepersekian detik.

Hujan mulai turun pelan.

Di langit, warna senja yang lembayung kembali menyelimuti kota, padahal baru pukul sembilan pagi.

"Bayangan tertinggal..." bisik Raka.

"Atau mungkin... sedang menunggu aku menyusulnya."

Bab 7. Sisa Resonansi

Kabut turun lebih cepat dari biasanya pagi itu.

Udara Lembah Nirmala lembap dan berat, seperti kapas basah menekan langit.

Raka berjalan sendirian menyusuri jalan utama kota dengan langkah tergesa.

Ia tidak lagi menatap menara jam di kejauhan, menara itu kini terasa seperti mata yang terus mengawasinya.

Ia berhenti di halte tua dekat alun-alun, mengamati sekeliling.

Dunia tampak normal. Tapi hanya di permukaannya.

Seekor anjing di pinggir jalan menggonggong ke arah bayangannya sendiri dan menolak diam.

Di sisi lain, seorang pria tua sedang menunggu bus sambil membaca koran bertanggal **6 November**, bukan 7.

Dan di etalase toko roti, pantulan wajah Raka di kaca tertinggal sepersekian detik, seperti film rusak yang terlambat satu frame.

Semua hal kecil itu membentuk satu kesimpulan yang menyesakkan dada:

waktu belum kembali normal.

Ia menuju bengkel lamanya, tempat buku tua itu muncul kembali semalam.

Begitu membuka pintu, aroma logam terbakar langsung menyambut.

Di tengah bengkel, meja kerjanya penuh goresan hitam seperti bekas arus listrik.

Dan di antara alat-alat yang berantakan, **kaset baru** tergeletak.

Labelnya ditulis tangan, dengan tinta merah:

"LOG #7 – Resonansi Akhir."

Jantung Raka berdegup keras. Ia ingat bagaimana Log #6 membuka rahasia menara jam dan eksperimen waktu.

Apakah ini... rekaman lanjutan?

Dari siapa? Surya? Atau seseorang — atau sesuatu, yang meneruskan pekerjaannya?

Ia memutar kaset itu.

Suara statis mengisi ruangan.

Lalu, suara perempuan.

Suara **Sinta.**

"Jika ada yang mendengar ini, berarti resonansi telah menyebar. Kami gagal menghancurkannya. Energi waktu menempel pada seseorang. Aku tidak tahu siapa, tapi"

Suara itu tersendat.

"setiap tujuh hari setelah siklus, kota akan mulai mengulang dalam fragmen. Potongan waktu akan muncul di tempat yang tak seharusnya. Jika tak dihentikan, semuanya akan tumpang-tindih, dan waktu... akan runtuh dari dalam."

Raka menatap dinding bengkel.

Di sana, jam dinding berdetak makin cepat.

Tik-tok-tik-tok-tik-tok.

"Catatan terakhir Surya menyebutkan satu cara untuk menghentikan resonansi," lanjut suara Sinta. "Caranya ada pada kode di dalam foto eksperimen. Tapi hati-hati... ada yang menjaga potongan waktu itu. Mereka bukan lagi manusia."

Suara itu berakhir tiba-tiba, disusul suara langkah cepat dan jeritan pendek di akhir rekaman.

Kemudian kaset berhenti dengan klik pelan.

Raka menatap lantai.

Foto lama yang ia temukan di depan toko buku kemarin jatuh dari sakunya. Ia menatapnya, Surya, ayahnya, Sinta muda, dan seorang anak kecil.

Kini ia melihat sesuatu yang kemarin tidak ia sadari:

di lengan jas Surya ada **kode angka samar tertulis dengan bolpoin hitam.**

"R-6-84-NM."

"R... Resonansi?" Raka menggumam. "84... tahun eksperimen pertama..."

Ia meraih kertas catatan, menyalin kode itu.

Dan tiba-tiba, seluruh bengkel bergetar.

Suara jam berubah menjadi dengungan panjang.

Lampu padam.

Dari kegelapan, muncul suara berat, seperti logam diseret di lantai.

Raka berbalik.

Di pojok bengkel, sosok tinggi dengan mantel laboratorium yang hangus muncul lagi, "sisa" dari Surya.

Kulitnya berwarna abu, sebagian wajahnya hilang terbakar, tapi mata kirinya menyala ungu.

"Kau tak seharusnya menemukan log itu, Raka..."

Suara itu seperti berasal dari dua arah sekaligus.

Raka mundur pelan. "Apa yang terjadi padaku? Kenapa waktu masih berputar?"

Sosok itu mendekat, langkahnya berat.

"Kau... adalah wadah terakhir. Resonansi butuh tubuh untuk bertahan.

Kau lahir di bawah dentang keenam, di saat waktu retak pertama kali.

Darahmu membawa denyut dari menara itu."

"Bohong!" Raka berteriak.

Tapi tangannya kembali bersinar samar, urat nadi ungu itu berdenyut makin kuat setiap kali suara Surya bicara.

"Kau pikir bisa menghancurkan mesin? Tidak, anakku. Kau hanya memindahkan jantungnya. Sekarang, waktu hidup melalui tubuhmu."

Raka menutup telinga, berlari ke belakang bengkel.

Ia meraih linggis, mengayunkannya ke arah sosok itu. Tapi bayangan Surya menembus logam itu seperti asap, lalu muncul di belakangnya.

Tangan Surya yang gosong menyentuh pundaknya.

"Kau harus menyerahkan diri sebelum resonansi menguasai kota. Sebelum bayanganmu menelanmu sepenuhnya."

Raka menepisnya. "Aku tidak akan jadi bagian dari ini!"

Ia berlari keluar bengkel, menembus kabut yang kini semakin tebal.

Suara Surya bergema di udara, samar tapi jelas:

"Kau tidak bisa melarikan diri dari waktu... karena **kau adalah waktunya.**"

Malam itu, Raka bersembunyi di rumah kosong di tepi hutan, tempat dulu ayahnya sering membawa dia berkemah waktu kecil.

Ia membawa foto dan kaset itu, mencoba menenangkan diri.

Suara jangkrik terdengar di luar, tapi ada sesuatu yang lain, bunyi **detik jam** yang entah dari mana asalnya.

Ketika ia menatap keluar jendela, ia melihat sesuatu di kejauhan:

bayangan hitam bergerak di antara pepohonan.

Banyak.

Mereka tinggi, ramping, melangkah serempak, tanpa suara.

Mata mereka menyala ungu seperti api kecil.

Raka mundur. Ia sadar, mereka bukan manusia.

Mereka adalah **gema waktu**, entitas dari siklus-siklus sebelumnya, tertinggal di ruang yang kini retak.

Salah satu dari mereka mendekat ke rumah.

Raka menahan napas, memegang obeng panjang seperti senjata.

Tapi saat makhluk itu melewati jendela, wajahnya tampak jelas.

Sinta.

Tapi bukan Sinta yang ia kenal, wajahnya pucat, matanya kosong, suaranya terdistorsi seperti suara radio rusak.

"Raka..."

"Kau... belum selesai..."

Sinta mengangkat tangannya, memperlihatkan simbol aneh yang terukir di kulitnya, **lambang sayap patah.**

"Kau harus kembali ke tempat pertama waktu berhenti. Di bawah menara.

Di sanalah semua berawal... dan akan berakhir."

Raka menatapnya dengan mata berkaca-kaca.

"Aku sudah menghancurkannya, Sin... aku sudah"

"Kau menghancurkan bentuknya. Tapi sumbernya hidup di dalammu."

"Jika kau tidak mengakhiri siklus, maka kota ini akan mulai kehilangan waktu... satu per satu."

"Bagaimana aku mengakhirinya?"

Sinta mendekat, berbisik di telinganya:

"Temukan **R-6-84-NM**. Itu bukan kode. Itu koordinat."

Lalu tubuhnya perlahan larut menjadi debu ungu, terangkat oleh angin.

Raka berdiri di sana, sendirian.

Udara di sekeliling mulai bergetar.

Jam di tangannya berdetak gila, cepat, acak, dan kadang berjalan mundur.

Ia menatap foto itu lagi.

Empat orang di depan menara jam.

Di belakang mereka, samar, ada papan kayu dengan tulisan:

"Ruang Resonansi 6 – Nirmala Mines."

Mines. Tambang Nirmala.

Tempat di bawah kaki kota.

Tempat yang ditutup sejak tahun 1984 karena "kecelakaan gas beracun."

Raka menatap gelap hutan di sekelilingnya.

Dentang lembut dari kejauhan kembali terdengar, hanya sekali, tapi cukup untuk membuat bulu kuduknya berdiri.

Dentang itu berasal dari bawah tanah.

Ia tahu ke mana harus pergi.

"Jika waktu punya akar, maka akarnya ada di tambang Nirmala."

"Dan aku akan mencabutnya."

Raka mengambil jaketnya, menatap langit yang perlahan berubah lembayung, meski masih malam.

Langit senja yang tak seharusnya ada.

Langit yang menandakan **resonansi baru telah dimulai.**

Bab 8. Ruang Resonansi

Raka menyalakan senter, cahaya kuningnya menembus kabut malam yang masih menggantung di hutan.

Setiap langkahnya membuat dedaunan basah berdecit, dan aroma tanah lembap menyeruak kuat.

Ia menatap peta tua yang ia buat dari kode **R-6-84-NM** dan foto Surya, titik koordinat itu menunjukkan lokasi bekas tambang yang ditutup sejak 1984, di kaki bukit kecil di pinggir kota.

Gerbang tambang telah digembok dengan rantai karatan, tapi itu tak menghentikannya.

Ia menendang pintu besi dengan satu kali hentakan, rantai patah.

Angin dingin dari dalam menyeruak keluar, membawa aroma logam basah dan debu tua.

"Selamat datang di ruang resonansi," gumamnya, sambil menatap kegelapan di dalam terowongan.

Ia melangkah masuk, suara langkahnya bergaung di dinding batu.

Lampu senter menyorot rel kereta tambang yang sudah lapuk.

Setiap kayu bantalan yang patah mengeluarkan bunyi serak di bawah kakinya.

Di jauh, terdengar suara gemerincing logam.

Raka menahan napas. "Siapa di sana?"

Hanya diam yang menjawab.

Namun udara terasa berbeda.

Seolah-olah waktu di dalam tambang **bergerak lebih lambat**, setiap detik menempel di kulitnya.

Senter Raka mulai bergetar.

Ia menemukan tangga logam yang menuju ke ruang bawah tanah lebih dalam.

Di dinding, terukir simbol yang sama seperti yang muncul di tangan Sinta malam sebelumnya, **lambang sayap patah**, berlapis debu, hampir hilang.

Raka menelusuri tangga itu, hati berdegup semakin cepat.

Setiap langkah seolah menembus lapisan waktu.

Kadang terdengar tawa seorang anak kecil, kadang suara gemerisik dari arah yang berbeda.

Di ujung tangga, ruang terbuka.

Pemandangan itu membuat Raka berhenti sejenak.

Ruang itu luas, atapnya tinggi, remang-remang, dengan ratusan **jam besar dan kecil**, berputar dengan tempo acak.

Beberapa bergerak mundur, beberapa berhenti, dan beberapa berputar sangat cepat.

Di tengah, ada sebuah mesin besar yang terlihat seperti gabungan menara jam dan generator tua.

Sinar ungu lembut memancar darinya.

"Ini... inti dari semuanya," bisik Raka.

Di dekat mesin, ada **sosok hitam** berdiri tegak.

Matanya ungu. Rambut basah dan kusut. Wajahnya setengah seperti Sinta, setengah seperti siluet anak kecil dari foto Surya.

"Raka... akhirnya kau datang," kata suara itu, lebih keras dari yang pernah ia dengar.

"Kau tahu, aku bukan hanya bayangan. Aku adalah fragmentasi dari semua siklus waktu yang gagal.

Dan kau membawa denyut terakhir mereka di tubuhmu."

Raka menunduk, mencoba menenangkan diri.

"Aku tidak akan membiarkanmu menghancurkan kota," katanya, mengangkat linggis.

Sosok itu tertawa, tawa yang bergema di seluruh ruangan, membelokkan bayangan di dinding menjadi ribuan versi dirinya.

"Kau tidak mengerti, Raka. Ini bukan soal menghancurkan atau menyelamatkan. Ini soal **mengakhiri siklus dengan pilihanmu sendiri.**

Dan pilihanmu akan menentukan apakah waktu tetap hidup... atau hancur."

Raka menatap mesin besar itu.

Ia ingat kaset Sinta: "Jika kau tidak mengakhiri siklus, kota ini akan mulai kehilangan waktu... satu per satu."

Sekarang, makhluk itu melangkah mendekat, dan setiap langkahnya meninggalkan **jejak waktu**, tanah yang sekejap berusia ratusan tahun, kemudian kembali muda.

Lampu senter Raka hampir padam, tergantikan oleh aura ungu dari mesin.

Ia maju perlahan.

Mesin itu memiliki panel dengan tombol-tombol berlapis debu.

Satu tombol merah di tengah bersinar samar, seperti detak jantung.

"Itu..." gumam Raka. "Itu harus... dihentikan."

Sosok itu tersenyum.

"Hentikan? Kau hanya akan memindahkan denyut ke orang lain. Atau kau akan menelan semua fragmentasi.

Pilihanmu, Raka. Waktu menunggu."

Raka mengangkat linggis dan menekannya ke tombol merah.

Sekejap, ruang itu bergetar keras.

Jam-jam mulai berputar liar, suara dentingan memenuhi telinga.

Makhluk itu menjerit, memudar menjadi ribuan percikan cahaya ungu.

Tiba-tiba, Raka terlempar ke lantai.

Ia menatap mesin, kini terlihat seperti **kubus kristal ungu** yang berdenyut perlahan.

Suara lembut Sinta terdengar di telinga:

"Sekarang kau harus memilih, Raka. Tetap hidup dengan denyut itu... atau lepaskan dan biarkan semua berakhir."

Raka menatap tangannya yang masih berdenyut ungu.

Ia tahu, keputusan ini bukan sekadar menyelamatkan kota, tapi **mengorbankan bagian dari dirinya sendiri**.

Lalu ia mengangkat tangan, menekan tombol.

Sinar ungu meledak, memenuhi ruang, menelan semua fragmentasi.

Saat cahaya mereda, ruang menjadi hening.

Jam-jam berhenti, makhluk itu hilang, mesin berubah menjadi puing logam tua.

Raka jatuh terduduk, napasnya terengah, darah dan keringat menetes di lantai dingin.

Di luar, kabut malam menghilang.

Kota tampak normal. Lampu jalan menyala, dan suara kehidupan kembali terdengar.

Raka menatap tangannya.

Urat nadi ungu masih samar, tapi lebih lemah.

Ia tersenyum tipis.

"Aku... berhasil."

Namun di sudut mata, ia menangkap sesuatu.

Siluet tinggi, ramping, menatap dari kejauhan.

Dan meski tubuh itu samar, Raka tahu satu hal: **bayangan itu belum sepenuhnya pergi.**

Langit senja kembali menyelimuti kota — hangat, lembayung, tapi dengan rasa waswas yang tidak hilang.

Jejak di langit senja itu tetap ada, menunggu putaran berikutnya.

Bab 9. Fragmen Kota

Kota Nirmala pagi itu tampak normal.

Namun bagi Raka, setiap jalan, setiap toko, bahkan bayangan pepohonan tampak berbeda, seperti sisa fragmen waktu yang belum sepenuhnya hilang.

Ia berjalan pelan di jalan utama, menyusuri alun-alun yang kini dipenuhi sinar matahari hangat.

Namun di balik cahaya itu, ia melihat hal-hal yang tak seharusnya ada:

- Seorang anak bermain bola di tengah jalan, tapi bola itu **melayang beberapa detik sebelum jatuh**.
- Seorang pedagang tua menaruh apel di meja, lalu tiba-tiba apel itu **menghilang dan muncul kembali di trotoar**.
- Jam kota berdetak, tapi **lalu mundur beberapa menit**, sebelum kembali ke waktu normal.

Raka menelan ludah.

"Fragmen... mereka belum pergi."

Di pinggir kota, di dekat sungai kecil, Raka menemukan sesuatu yang lebih mengerikan.

Beberapa bangunan kosong memiliki **bayangan hitam samar** yang bergerak sendiri, seperti orang yang terjebak di dalam waktu.

Setiap kali ia mendekat, bayangan itu berhenti dan menatapnya, sebelum lenyap seperti asap.

Ia membuka senter dan menyusuri trotoar.

Di ujung jalan, seseorang berdiri, tinggi, ramping, mantel laboratorium gosong, mata ungu menyala.

Raka menelan ludah. Sosok itu bukan lagi manusia biasa.

"Kau pikir menghentikan mesin sudah cukup?" suara itu bergema, terdengar dari berbagai arah sekaligus.

"Fragmen tetap hidup, Raka. Mereka haus pada denyutmu."

Raka mengangkat linggis, tapi sebelum sempat menyerang, makhluk itu menghilang dalam percikan cahaya ungu.

Di saat yang sama, telepon genggam Raka bergetar.

Layar menampilkan pesan misterius tanpa nomor:

"Jika kau ingin kota tetap utuh, temui kami di Menara Jam Tengah, malam ini. Jangan bawa siapa pun."

Raka merasakan getaran ngeri di tubuhnya.

Ini bukan panggilan biasa.

Ini jebakan.

Namun ia tahu ia harus pergi.

Fragmen yang tersisa bisa menghancurkan kota kapan saja.

Sore hari, ia menyusuri gang sempit menuju Menara Jam Tengah.

Di sepanjang jalan, ia melihat orang-orang bertindak aneh: ada yang berjalan mundur, ada yang berbicara sendiri, dan ada yang **mengulangi gerakan yang sama berulang-ulang**.

"Waktu ini... sudah terkontaminasi," gumamnya.

"Dan aku mungkin satu-satunya yang bisa menghentikannya."

Di kaki menara, Raka bertemu tiga sosok berjubah, wajah mereka tersembunyi.

"Kau Raka?" suara salah satu dari mereka menembus udara dingin.

"Kau tahu apa yang harus dilakukan. Tapi kau tidak bisa melakukannya sendiri."

Mereka memberinya **peta bawah tanah menara** dan simbol-simbol aneh yang mirip dengan lambang sayap patah.

"Fragmen yang tersisa terkonsentrasi di lantai dasar dan ruang jam bawah tanah. Jika kau tidak cepat, kota akan runtuh dari dalam."

Raka menatap peta itu, napasnya memburu.

Ia tahu ia harus masuk ke ruang jam bawah tanah malam ini juga.

Setiap menit berarti fragmentasi waktu semakin meluas.

Tiba-tiba, suara tawa anak kecil terdengar di atas menara.

Raka menatap ke atas dan melihat **bayangan Sinta muda** di jendela lantai paling atas, tersenyum tipis.

"Raka... jangan salah langkah," suara itu bergema.

Langit senja berubah menjadi lembayung kelam, kabut tipis mulai menyelimuti kota.

Fragmen kota mulai bergerak cepat, jam-jam di toko, bayangan orang, bahkan cahaya lampu jalan, semuanya **tidak sinkron**.

Raka menarik napas panjang.

"Aku tidak punya pilihan," gumamnya. "Aku harus menyelesaikannya sendiri."

Ia melangkah masuk ke menara, melewati tangga sempit berderit.

Di dinding, ukiran lambang sayap patah semakin jelas, menyala samar dengan cahaya ungu.

Di lantai dasar menara, terdengar detakan jam, tidak lagi seragam, tapi seperti **ribuan detik bertabrakan sekaligus**.

Di tengah ruangan, fragmen mulai muncul nyata:

- Bayangan Sinta menatapnya dari berbagai sudut.
- Bayangan Surya muncul, setengah manusia, setengah wujud energi.
- Sosok-sosok hitam ramping muncul di setiap jendela, menatap Raka.

Raka menekan tombol di senter, cahaya menembus gelap.

"Aku tidak akan menyerah!" teriaknya.

Ia maju ke arah mesin jam bawah tanah, sadar bahwa **fragmen kota akan mengunci dirinya jika ia gagal**.

Jam berdentang keras, dan seluruh kota di luar menara seperti tersedak dalam waktu.

Raka merasakan urat nadi ungu di tangannya berdetak lebih cepat, menyatu dengan fragmentasi yang tersisa.

Ia menatap mesin jam tua itu, dan satu hal menjadi jelas:

"Ini bukan lagi soal menghancurkan atau menyelamatkan... ini soal memilih **fragmen mana yang hidup, dan mana yang lenyap.**"

Dentang jam terakhir terdengar, menggema di seluruh kota.

Raka menutup mata, menyiapkan diri.

Di luar, fragmen kota menunggu keputusan terakhirnya.

Dan saat ia membuka mata kembali... **segala sesuatu mulai bergerak.**

Bab 10. Detik Terakhir

Malam telah sepenuhnya menelan kota Nirmala.

Kabut tipis menyelimuti jalan-jalan, dan lampu jalan menyala dengan getaran cahaya yang tidak stabil.

Raka berdiri di depan mesin jam bawah tanah menara, napasnya memburu.

Di tangannya, urat nadi ungu masih samar berdenyut, fragmen waktu menempel padanya seperti magnet.

Suara dentingan jam menggema di seluruh menara, tapi tidak lagi seragam.

Dentang itu bertabrakan, bergema, bahkan terdengar dari luar kota.

Di lantai atas, fragmen-fragmen muncul nyata:

- Bayangan Sinta menatapnya, senyumnya menakutkan dan membeku di beberapa detik.

- Bayangan Surya muncul dari dinding, setengah manusia, setengah energi, bergerak cepat.

- Sosok hitam ramping muncul di setiap jendela, menatap Raka seolah menimbang langkahnya.

"Raka," suara serak terdengar dari bayangan Sinta. "Setiap detik salah langkahmu akan membunuh kota ini."

Raka menelan ludah dan melangkah maju ke mesin jam.

Mesin itu terlihat seperti **gabungan menara jam dan kubus kristal ungu**, berdenyut seirama dengan jantungnya.

Tombol merah di tengah bergetar keras.

Di atasnya, simbol sayap patah bersinar samar, menuntunnya.

Ia menekan tombol itu.

Ledakan cahaya ungu menyebar ke seluruh lantai menara.

Fragmen-fragmen terseret, menjerit, lalu lenyap sekejap.

Namun suara dentangan jam bertambah cepat, tak terkendali.

Fragmen baru muncul, lebih agresif, menyerang dari segala arah.

Raka diserbu bayangan yang bergerak terlalu cepat untuk disentuh.

Satu serangan menyambar bahunya, meninggalkan luka hangus dan rasa sakit yang membakar.

Ia terjatuh ke lantai.

"Aku harus fokus," bisiknya, menahan rasa sakit.

Ia menatap linggis di tangannya, kemudian **memukul tombol merah lagi**.

Mesin bergetar, cahaya ungu menyala lebih terang, fragmen-fragmen berteriak, lalu sebagian besar menghilang.

Tapi masih ada satu fragmen yang menolak lenyap, sosok tinggi ramping, mata ungu, tersenyum penuh kemenangan.

"Kau pikir ini cukup, Raka?" suara itu bergema di seluruh menara.

"Fragmen ini adalah denyut yang tersisa. Jika kau menghancurkan satu lagi, kau akan menelan semua fragmentasi... termasuk bagianmu sendiri."

Raka menatap urat nadinya.

"Aku tidak peduli!" teriaknya. "Aku tidak akan membiarkan kota ini hancur!"

Ia melangkah maju, menahan serangan bayangan dengan linggis.

Fragmen itu berputar di udara, meninggalkan jejak cahaya ungu di dinding.

Raka merasakan waktu berputar mundur di sekelilingnya, detik-detik terasa seperti jam.

Bayangan itu menatapnya, lalu **melesat ke mesin**.

Tanpa berpikir, Raka menekan tombol merah sekali lagi, kali ini dengan seluruh tenaga tubuhnya.

Cahaya ungu meledak, memenuhi seluruh menara.

Suaranya terdengar seperti dentangan ribuan jam sekaligus.

Fragmen itu menjerit, melayang ke mesin, dan perlahan-lahan **menjadi satu titik cahaya yang menghilang ke dalam tombol**.

Hening.

Raka jatuh terduduk, napasnya terengah.

Mesin itu sekarang mati, kubus kristal ungu berubah menjadi puing logam tua.

Jam-jam di menara kembali berdetak normal.

Di luar menara, kota Nirmala tampak tenang.

Lampu jalan stabil, kabut hilang, dan jam kota berdentang seragam.

Namun Raka menatap tangan kanannya.

Urat nadi ungu masih samar berdenyut.

Fragmen-fragmen memang lenyap, tapi **denyut itu tetap menempel padanya**.

Ia tersenyum tipis, lelah tapi lega.

"Aku berhasil... setidaknya untuk malam ini," gumamnya.

Tetapi dari sudut mata, ia melihat **bayangan tinggi ramping** berdiri di ujung jalan menara, menatapnya.

Meskipun tubuh itu samar, Raka tahu satu hal: **bayangan itu belum sepenuhnya pergi**.

Langit senja kembali, lembayung, hangat.

Tapi kota ini kini membawa sisa waktu yang terfragmentasi di udara, dan jejaknya tetap menunggu putaran berikutnya.

Bab 11. Pecahan Waktu

Hanya beberapa jam setelah pertarungan di menara jam, kota Nirmala tampak normal.

Lampu jalan menyala stabil, orang-orang kembali beraktivitas, dan pasar pagi sudah ramai.

Namun bagi Raka, kota itu masih terasa... salah.

Setiap langkahnya di trotoar terasa berat, seolah ada tekanan halus di udara, dan bayangan benda-benda menolak bergerak sepenuhnya sinkron dengan dunia nyata.

Ia menatap tangannya: urat nadi ungu masih berdenyut samar.

Fragmen yang seharusnya lenyap tampaknya meninggalkan jejaknya dalam dirinya.

"Aku membawa kota ini di tanganku," bisiknya pelan, nyaris terdengar seperti mantra.

Raka berjalan menuju rumahnya, melewati gang-gang sempit.

Di salah satu gang, ia melihat **anak kecil menatap dinding kosong**, tangan kecil itu menempel seolah meraba sesuatu yang tidak ada.

"Fragmen lagi..." gumam Raka, merasakan nyeri samar di kepala.

Begitu ia memasuki rumah, teleponnya berdering.

Layar menampilkan pesan baru dari nomor tak dikenal:

"Waktu tidak berhenti di menara. Kau harus datang ke Lorong Tua Tengah, malam ini. Jangan coba pergi sendirian."

Raka menatap pesan itu, detak jantungnya meningkat.

Ia tahu ini bukan ancaman kosong, pihak misterius masih mengawasinya, dan fragmen yang tersisa bisa muncul kapan saja.

Malam itu, Raka berjalan ke Lorong Tua Tengah.

Udara dingin menusuk tulang, kabut tipis menyelimuti jalanan.

Di ujung lorong, tiga sosok berjubah yang memberinya peta muncul kembali.

Salah satu dari mereka menatap Raka:

"Fragmen yang tersisa tidak bisa kau kendalikan sendiri. Kau membawa energi yang belum siap untuk diserap manusia."

Mereka membuka sebuah kotak kecil berisi kristal ungu.

"Ini sisa fragmen yang paling stabil," kata sosok itu.

"Jika kau menggunakannya, kau bisa menambal pecahan waktu kota. Tapi resikonya... tubuhmu bisa runtuh bersamaan dengan fragmentasi itu."

Raka menelan ludah, menatap kristal itu.

"Aku tidak punya pilihan. Jika aku tidak melakukannya, kota ini akan runtuh dari dalam."

Ia mengambil kristal itu, merasakan denyutannya langsung menyatu dengan urat nadinya sendiri.

Fragmen kota mulai muncul lagi di lorong, bayangan-bayangan samar menari di dinding, menakutkan tapi tak bisa disentuh.

Dengan satu tarikan napas panjang, Raka menempelkan kristal ke dada, tepat di atas jantungnya.

Sinar ungu menyebar melalui tubuhnya, menyatu dengan urat nadi yang tersisa.

Ia merasakan kota bergetar, jam-jam, trotoar, bahkan lampu jalan ikut berdetak sinkron dengan denyut jantungnya.

Fragmen mulai terjebak kembali ke dalam kristal.

Bayangan yang sebelumnya muncul di menara kini terlihat lebih rapuh, seperti asap yang ditarik oleh angin.

Namun tiba-tiba, suara familiar terdengar:

"Raka... kenapa kau mengambil alih waktu?"

Sinta muncul dari kabut, tubuhnya seperti bayangan nyata, mata ungu berkilau.

"Kau tidak mengerti... energi ini bukan mainan. Jika kau gagal..."

Raka menatapnya, tekad di matanya:

"Aku tidak akan gagal."

Sinta menatap lama, lalu menghilang dalam percikan cahaya ungu.

Fragmen yang tersisa akhirnya terserap ke dalam kristal, lorong menjadi hening.

Namun denyut di urat nadi Raka tetap ada — tanda bahwa fragmen **masih meninggalkan bekasnya di dirinya**.

Ia menatap kota Nirmala dari ujung lorong.

Kota tampak normal, tapi Raka tahu: fragmen tidak pernah benar-benar pergi.

Dan pihak misterius, yang kini semakin nyata di balik bayang-bayang, masih mengawasinya.

Langit mulai merekah di ufuk timur.

Matahari muncul, sinarnya hangat tapi lembayung senja malam tadi masih terasa di udara.

Raka menutup mata sejenak, mempersiapkan diri untuk apa pun yang akan datang.

"Ini belum berakhir," gumamnya.

"Fragmen hanya menunggu detik berikutnya."

Bab 12. Bayangan yang Terungkap

Kabut malam masih menyelimuti Nirmala ketika Raka menapak langkahnya keluar dari Lorong Tua Tengah. Udara dingin menusuk tulang, membawa aroma basah tanah dan sisa hujan beberapa jam lalu. Kota tampak normal, namun Raka tahu bahwa **normalitas itu hanyalah tirai tipis** yang menutupi realitas yang kacau. Fragmen yang tersisa di tubuhnya masih berdenyut samar, sebuah irama yang membuat detak jantungnya seolah bergandengan dengan denyut kota.

Ia melangkah perlahan menyusuri jalan setapak menuju rumahnya. Setiap langkah menimbulkan getaran halus di bawah kaki, seperti gema fragmentasi yang masih tersisa di kota. Di sepanjang jalan, Raka menyadari ada **bayangan-bayangan kecil yang bergerak di tepi pandangannya**, cepat menghilang ketika ia menoleh. Ia menelan ludah, napasnya memburu, sadar bahwa fragmen tidak hanya meninggalkan bekas dalam tubuhnya, tapi mulai **mempengaruhi lingkungannya**.

Di tengah jalan, Raka merasakan dorongan lembut di pundaknya. Ia menoleh, tapi tidak ada siapa-siapa.

"Fragmen lagi..." gumamnya. Suara itu nyaris terdengar seperti bisikan angin, tapi begitu nyata hingga membuat bulu kuduknya meremang.

Ia mempercepat langkah, menembus kabut yang semakin menebal. Lampu jalan mulai berkelip, seakan menandakan ketidakseimbangan energi di kota. Sesampainya di rumah, Raka membuka pintu dengan hati-hati. Semua tampak tenang, tapi ia tahu **ketenangan itu tipuan**.

Di meja ruang tamu, ia menemukan secarik kertas putih tanpa amplop, hanya berisi simbol sayap patah yang kini ia kenal betul. Di bawah simbol itu tertulis:

"Kau membawa sesuatu yang bukan milikmu. Pilihannya ada di tanganmu: Kendalikan, atau hancurkan."

Raka menatap kertas itu, detak jantungnya semakin cepat. Tidak ada tanda siapa yang mengirimnya, tapi ia bisa merasakan **kehadiran pihak misterius yang mengawasinya dari dekat**.

Pertemuan dengan Bayangan

Malam semakin larut ketika Raka memutuskan untuk menghadapi pihak misterius itu. Ia mengenakan jaket tebal, membawa senter, dan linggis di pinggang. Tujuannya adalah **Menara Jam Tengah**, tempat fragmen pernah mencapai puncak kekacauannya.

Sesampainya di sana, kabut malam semakin pekat. Menara tampak megah, namun cahaya dari jendela lantai atas menembus kabut, memberikan nuansa **sinematik seperti adegan film thriller modern**. Raka mengangkat senter, menyorot tangga menara yang berderit, setiap langkahnya terdengar seperti gema di seluruh kota.

Tiba-tiba, dari balik bayangan, muncul tiga sosok berjubah. Wajah mereka tersembunyi, namun aura yang mereka pancarkan membuat udara di sekitar Raka seolah menjadi lebih dingin. Salah satu dari mereka melangkah maju, suara mereka terdengar bergetar di udara malam:

"Raka... kau berhasil menstabilkan fragmen untuk sementara, tapi energi itu bukan mainan. Kau membawa sesuatu yang tidak dimiliki manusia biasa."

Raka menahan napas. Ia menatap mereka, mencoba menilai motifnya.

"Kalian yang membuat ini semua? Mesin jam, fragmen... semuanya?" tanyanya tegang.

Salah satu sosok menunjuk ke arah kota, bayangan tubuhnya memanjang di kabut.

"Fragmen muncul karena manusia selalu ingin memutar waktu, mengulang momen, memperbaiki kesalahan. Mesin jam hanyalah katalisator. Kau hanyalah... penghubung."

"Penghubung?" ulang Raka, rasa takut dan penasaran bercampur.

"Ya. Kau membawa sisa fragmen ke tubuhmu. Itu membuatmu istimewa, tapi juga berbahaya. Jika kau gagal mengendalikannya, seluruh kota bisa runtuh dari dalam, dan fragmentasi itu akan menelanmu bersamaan dengan waktu itu sendiri."

Raka menunduk, merasakan denyut ungu di urat nadinya. Setiap denyut membuatnya semakin sadar bahwa **fragmen bukan sekadar bayangan atau energi, tapi entitas yang memiliki kehendak sendiri**.

"Aku tidak punya pilihan," kata Raka akhirnya. "Jika aku tidak mengendalikan ini, kota akan hancur. Aku akan melakukannya."

Sosok berjubah menatapnya lama, kemudian melangkah mundur, membuka jalan.

"Baik. Tapi ingat, Raka. Fragmen itu bukan sepenuhnya milikmu. Kau akan merasakan mereka, mereka bisa memanipulasi pikirannya, bahkan menembus mimpimu."

Raka menelan ludah, napasnya semakin berat. Ia melangkah masuk ke lantai bawah menara, di mana mesin jam tua berada. Peninggalan kristal ungu yang dulu menstabilkan fragmen masih berserakan di lantai, berdenyut samar. Cahaya ungu mulai muncul lagi, meskipun lebih redup dari sebelumnya.

Fragmen Memiliki Kehendak

Saat Raka mendekati kristal, bayangan-bayangan kecil muncul dari celah dinding. Mereka menatapnya dengan mata hitam berkilau, bergerak cepat, meniru gerakannya, seolah **menantang tubuh dan pikirannya**.

"Apa ini...?" gumam Raka, tangan gemetar.

Sosok fragmen itu berbicara tanpa suara, langsung menembus pikirannya:

"Kau mencoba mengendalikan kami... tapi kami ingin bebas."

Raka merasa seperti terhanyut arus, pikirannya dipenuhi **kenangan kota, orang-orang, dan masa lalunya sendiri**. Bayangan itu mengulang semua kesalahan dan penyesalan yang pernah ia rasakan, setiap rasa bersalah dan ketakutan diperbesar menjadi nyata.

Ia terhuyung, hampir kehilangan kesadaran.

"Aku harus tetap fokus," bisiknya.

Ia menempelkan tangan ke kristal ungu, merasakan energi fragmen berbaur dengan denyut nadinya. Fragmen mulai menenangkan diri, seakan mengakui bahwa **Raka adalah tuan rumah yang lebih kuat daripada mereka**. Namun perlahan, Raka menyadari satu hal yang menakutkan:

Fragmen tidak sepenuhnya patuh. Mereka masih memiliki kehendak sendiri, dan bisa memanipulasi waktu atau pikirannya kapan saja.

Pengkhianatan Bayangan

Tiba-tiba, dari sudut menara, muncul sosok tinggi ramping yang pernah menyerang Raka di menara sebelumnya. Sosok itu kini tampak lebih jelas, mata ungu menyala, senyum sinis mengerikan.

"Kau pikir bisa mengendalikan kami sendiri?" Suaranya bergema seperti ribuan dentang jam yang saling bertabrakan.

Raka mundur, linggis di tangan terangkat.

"Aku tidak takut padamu!" teriaknya, walau suara itu bergetar.

Bayangan itu tertawa, kemudian melesat ke arah kristal. Fragmen mulai bergerak liar, menyerang Raka dari segala arah. Ia dipukul mundur, luka terbakar di lengannya. Rasanya **fragmen itu ingin mengambil alih tubuhnya**.

Di tengah kekacauan itu, Raka mendengar suara sosok berjubah dari malam sebelumnya:

"Raka! Gunakan kristal, gabungkan dengan denyut nadimu. Mereka akan patuh jika kau tunjukkan kekuatan manusia!"

Dengan napas tersengal, Raka memusatkan seluruh kekuatan mentalnya. Ia menekan kristal ke dada, merasakan denyut ungu berbaur dengan detak jantungnya. Fragmen menjerit, tetapi perlahan menunduk, menyatu kembali ke kristal.

Bayangan tinggi ramping itu menatapnya, kemudian menghilang dalam percikan cahaya ungu. Lorong menara menjadi sunyi, hanya terdengar detak jam yang stabil.

Konsekuensi dan Ketegangan yang Tersisa

Raka terhuyung ke lantai, napasnya terengah. Ia menatap kristal, kini bersinar lembut, stabil. Fragmen tampaknya berada di bawah kendalinya untuk saat ini. Namun denyut di urat nadinya tetap ada, menjadi **pengingat bahwa kota ini masih dalam risiko**.

"Aku berhasil... tapi ini belum selesai," gumamnya.

Di luar menara, kabut malam telah menghilang, digantikan langit senja yang lembayung. Kota Nirmala kembali normal, orang-orang beraktivitas tanpa menyadari bahaya yang hampir menelan mereka.

Raka menatap bayangan kota dari jendela menara. Ia tahu satu hal: fragmen bukan sekadar energi atau bayangan, mereka **memiliki kehendak sendiri dan bisa kembali kapan saja**. Dan pihak misterius yang mengawasinya, meskipun tidak terlihat, masih menunggu langkahnya berikutnya.

"Bayangan mungkin telah lenyap... tapi mereka belum menyerah. Dan aku harus siap, selalu," bisiknya.

Raka menutup mata sejenak, merasakan denyut fragmentasi di tubuhnya. Sebuah rasa dingin dan hangat bercampur, mengingatkannya bahwa kekacauan waktu masih menunggu di sudut kota. Fragmen telah tunduk untuk malam ini, tapi **bayangan yang terungkap baru saja memperlihatkan satu sisi kengerian yang lebih besar**.

Bab 13. Jebakan Waktu

Pagi di Nirmala datang dengan kesunyian yang aneh. Matahari menembus celah awan tipis, menyinari jalan-jalan sempit yang basah oleh embun. Namun di tengah ketenangan itu, ada sesuatu yang salah: kota ini terasa **terbelah antara kenyataan dan ilusi**, seperti dunia menahan napas di tepi kehancuran.

Raka berjalan menyusuri pasar kecil, mencoba menenangkan pikirannya setelah peristiwa menara jam. Fragmen yang tersisa dalam urat nadinya masih berdenyut samar, membuat setiap langkahnya terasa seperti menapaki ritme kota. Tapi keheningan itu tidak bertahan lama.

Di salah satu gang sempit, ia melihat **sosok seorang pedagang tua yang tiba-tiba membeku di tempatnya**, matanya menatap kosong ke udara, tubuhnya tegang seperti tersedot oleh sesuatu yang tidak terlihat. Raka berlari mendekat:

"Pak Harjo!" teriaknya.

Tidak ada respons. Udara di sekelilingnya bergetar halus, dan di lantai muncul **cahaya ungu samar**, seperti serpihan fragmen yang menembus kenyataan. Raka menunduk, mencoba meraih tangan Pak Harjo, namun tangannya menembus tubuh pria itu seperti menembus kabut.

"Fragmen lagi... mereka bergerak sendiri," gumam Raka, rasa panik mulai menguasai.

Ia menarik napas dalam-dalam dan berlari menuju menara jam, berharap sosok berjubah dari malam sebelumnya muncul untuk membimbingnya. Namun, lorong menuju menara terasa **berubah**, pintu yang biasanya ia lewati kini hilang, digantikan oleh tembok yang memantulkan bayangan dirinya sendiri dengan cara yang aneh.

Pertemuan Tak Terduga

Di tengah kebingungan, Raka mendengar suara lembut namun tajam memanggil namanya:

"Raka..."

Ia menoleh dan melihat **Sinta berdiri di ujung gang**, wajahnya pucat, mata ungu berkilau di bawah sinar matahari. Namun ada sesuatu yang berbeda, tatapannya **kosong dan dingin**, seperti seseorang yang dikendalikan oleh kekuatan lain.

"Sinta?" Raka melangkah perlahan. "Kau baik-baik saja?"

Sinta mengangkat tangan, dan fragmen muncul dari tubuhnya, membentuk **gumpalan bayangan ungu** yang bergerak liar di udara. Suara itu terdengar langsung di kepala Raka:

"Kau tidak bisa menghentikan kami... kau hanyalah manusia. Dan manusia selalu lemah."

Raka menatapnya dengan cemas. Ini bukan Sinta yang asli; tubuhnya dikendalikan oleh fragmen, menjadi **perpanjangan kehendak bayangan yang menyerang kota**.

"Aku tidak akan membiarkanmu menguasai kota!" teriak Raka, mengambil linggis dari pinggangnya.

Fragmen itu menyerang, memaksa Raka mundur. Setiap serangan seperti menembus ruang dan waktu, membuat jalan di sekitarnya menjadi **pecah dan bergelombang**, seolah realitas kota mulai runtuh perlahan.

Raka memusatkan pikiran, mengingat teknik yang dia pelajari malam sebelumnya: menggabungkan kristal ungu dengan denyut nadinya sendiri untuk menstabilkan fragmen. Ia menekan kristal ke dada, merasakan denyut ungu berbaur dengan jantungnya. Fragmen yang mengendalikan Sinta menjerit, kemudian mundur perlahan, namun **bayangan itu tetap berada dalam tubuhnya**, menandakan bahwa kontrol fragmen belum sepenuhnya hilang.

Pengkhianatan Terungkap

Setelah pertarungan singkat itu, Raka memutuskan untuk mencari petunjuk lebih lanjut. Ia menuju **perpustakaan tua kota**, tempat pertama kali ia menemukan buku tua yang memicu semua kejadian ini. Ia berharap menemukan catatan kuno yang menjelaskan fragmen dan pihak misterius.

Di dalam perpustakaan, suasana sunyi namun menakutkan. Rak-rak kayu tinggi berdiri menjulang, debu menebal di sudut-sudut, dan cahaya matahari masuk melalui jendela kaca patri, menyorot debu-debu seperti partikel emas yang bergerak lambat.

Raka membuka buku tua itu, membalik halaman demi halaman, hingga menemukan **petunjuk yang membuatnya tersentak**:

"Mereka yang kau anggap pelindung, bisa menjadi pengkhianat. Fragmen memilih tuannya sendiri, dan tuannya tidak selalu manusia."

Rasa dingin menyelimuti tubuhnya. Ia sadar bahwa sosok berjubah yang membantunya malam sebelumnya mungkin **memiliki agenda tersembunyi**. Mereka memberinya alat untuk menstabilkan fragmen, tapi apakah mereka benar-benar ingin kota aman, atau hanya ingin **menggunakan kekuatannya melalui Raka**?

Saat Raka menatap keluar jendela, ia melihat **bayangan tinggi ramping** dari malam sebelumnya berdiri di halaman perpustakaan, menatap langsung ke arahnya. Sosok itu tersenyum tipis, kemudian menghilang.

"Aku tidak bisa percaya siapa pun lagi..." gumam Raka, napasnya memburu.

Kehilangan dan Korban Baru

Malam itu, Raka kembali ke gang tempat Sinta dikendalikan fragmen. Namun ia menemukan kenyataan pahit: **Pak Harjo dan beberapa warga hilang**. Jejak kaki mereka berakhir tiba-tiba di udara, seolah tersedot oleh dimensi lain yang diciptakan fragmen.

"Fragmen itu... mereka bisa menculik orang... atau menelan mereka ke dalam waktu yang salah," bisik Raka, rasa bersalah menghantui hatinya.

Rasa bersalah itu semakin menekan ketika Sinta muncul kembali, kini sebagian kesadarannya kembali. Mata ungu itu menyiratkan rasa takut.

"Raka... aku merasakan mereka... di dalam tubuhku... mereka ingin keluar..."

Raka menghela napas. Ia tahu ia tidak bisa membiarkan fragmen menguasai manusia lagi. Ia harus menemukan cara **mengunci fragmen secara permanen**, atau setidaknya menstabilkan kota untuk sementara.

Jebakan Fragmen

Malam semakin larut, dan Raka memutuskan untuk menggunakan **menara jam sebagai fokus stabilisasi fragmen**. Ia tahu ini berisiko; fragmentasi di kota semakin liar, dan setiap detik bisa menjadi jebakan.

Saat ia menaiki tangga menara, fragmen muncul dalam bentuk bayangan raksasa di dinding, meniru kota dan warganya. Jalanan pecah, gedung bergoyang, dan suara orang-orang yang ia kenal terdengar berteriak dari bayangan itu.

"Aku harus tetap fokus," bisik Raka, menekankan kristal ke dada.

Ia menyalakan mekanisme jam tua yang menjadi pusat fragmentasi. Jam berdentang, dan energi kristal mulai beresonansi dengan mekanisme. Fragmen yang menyesaki kota mulai tertarik ke menara, membentuk pusaran ungu di udara.

Namun tiba-tiba, bayangan tinggi ramping muncul lagi, **memotong aliran energi**.

"Kau pikir kau bisa mengurung kami?" Suara itu menggema di seluruh menara.

Raka menatapnya, rasa takut dan kemarahan bercampur. Ia memusatkan seluruh pikirannya, menyalurkan denyut kristal ke fragmen. Energi ungu berputar liar, membentuk pola yang membuat bayangan tinggi itu mundur.

"Aku tidak takut pada kalian!" teriaknya, tubuhnya gemetar oleh energi yang mengalir.

Bayangan itu menjerit, kemudian menghilang. Fragmen mulai stabil, dan kota Nirmala kembali tampak normal, setidaknya untuk malam itu.

Konsekuensi

Di puncak menara, Raka duduk lelah. Tubuhnya hangat oleh energi fragmen, tapi kelelahan mental dan fisik menghantui setiap denyut jantungnya. Ia menyadari beberapa hal:

1. Fragmen semakin **memiliki kehendak sendiri**, bisa memanipulasi manusia dan realitas kota.
2. Sosok berjubah yang menolongnya mungkin **tidak sepenuhnya bisa dipercaya**, dan bisa memanfaatkan kekuatan fragmen untuk agenda tersembunyi.
3. Beberapa warga kota telah menjadi korban langsung fragmentasi, bukti bahwa kekacauan belum berakhir.
4. Kota Nirmala tampak normal, tapi jebakan waktu dan fragmen bisa muncul kapan saja.

Raka menatap kristal ungu yang kini tersimpan di dadanya. Ia tahu perjuangan sesungguhnya baru dimulai: **mengendalikan fragmen tanpa kehilangan diri, dan mengungkap motif pihak misterius yang sesungguhnya**.

Di luar menara, langit senja memerah, membentuk siluet kota yang indah namun penuh bahaya. Fragmen mungkin tertahan, tapi bayangan yang mereka tinggalkan membuat Raka sadar bahwa **kota ini dan hidupnya akan selamanya terhubung dengan kehancuran waktu yang rapuh**.

"Ini baru permulaan... Jebakan waktu tidak akan berhenti," gumamnya. "Dan aku harus siap menghadapi apapun yang mereka siapkan berikutnya."

Bab 14. Mata Tersembunyi

Kota Nirmala masih bergetar oleh sisa-sisa fragmentasi malam sebelumnya. Jalanan yang semula sepi kini dipenuhi oleh kabut tipis, menutupi papan-papan nama toko dan menimbulkan ilusi bayangan yang bergerak sendiri. Lampu-lampu jalan memantulkan cahaya kuning lembut di genangan air, tapi ketenangan itu menipu, Raka tahu ancaman belum selesai.

Ia berjalan perlahan di gang menuju rumah Sinta, pikirannya berputar. Fragmen semalam mungkin tertahan, tapi **sisa energi ungu masih berdenyut di udara**, membuat rambutnya berdiri di tengkuk. Di setiap bayangan, ia merasa ada mata yang mengintai, mengamati gerak-geriknya, menunggu kesalahan sekecil apa pun.

"Mata tersembunyi... selalu mengawasi," gumamnya, mengingat peringatan samar dari buku tua.

Petunjuk yang Menyimpan Rahasia

Sesampainya di rumah Sinta, Raka disambut oleh tatapan kosong Sinta, kini kembali ke bentuk aslinya. Namun ada yang berbeda: ia tampak lemah, tubuhnya gemetar, dan matanya merah karena kurang tidur.

"Raka... mereka masih ada di sekitarku," kata Sinta, suaranya serak. "Aku bisa merasakan mereka... tapi mereka tidak terlihat."

Raka memandang Sinta dengan cemas. Ia menyadari bahwa fragmen bukan hanya kekuatan fisik; **mereka bisa bersembunyi dalam persepsi manusia**, seperti mata tersembunyi yang mengamati tapi tidak terdeteksi.

Mereka duduk di ruang tamu, lampu temaram menyorot wajah mereka. Raka membuka buku tua yang pernah ia temukan di perpustakaan, berharap menemukan penjelasan. Di halaman yang mulai rapuh, ia menemukan catatan kuno:

"Fragmen memiliki Mata Tersembunyi—entitas yang memantau manusia untuk memilih tuan baru. Mata ini bukan makhluk fisik; ia adalah **kesadaran yang menempel pada keinginan dan ketakutan manusia**. Siapa yang terperangkap dalam penglihatannya bisa kehilangan kendali, atau bahkan diserap oleh waktu."

Raka menelan ludah. Ia sadar bahwa kota Nirmala **sekarang dipenuhi Mata Tersembunyi**, menunggu siapa pun yang berani melawan fragmen.

"Kalau begitu... kita harus menemukan Mata itu," kata Raka.

"Tapi mereka bisa mengintai kita setiap saat," jawab Sinta, gemetar.

Pengintaian di Lorong Kota

Malam menjelang, dan Raka memutuskan untuk melakukan pengintaian di lorong-lorong kota yang sebelumnya menjadi titik fragmentasi. Ia membawa senter, kristal ungu yang menempel di dada, dan linggis sebagai senjata terakhir.

Lorong sempit itu dipenuhi kabut tipis, memantulkan cahaya senter menjadi bayangan yang bergerak perlahan. Setiap langkah terdengar menggema, dan suara tetesan air dari atap berulang seperti jam yang berdenyut tidak stabil.

Tiba-tiba, Raka melihat **sesuatu bergerak di dinding**—bayangan panjang yang melengkung, menempel di tembok tanpa kaki atau kepala. Bayangan itu menunggu, diam namun penuh ancaman.

"Mata Tersembunyi..." bisik Raka, menyadari keberadaannya.

Ia mencoba memusatkan energi kristal, membentuk lingkaran pelindung di sekitarnya. Bayangan itu tiba-tiba **menghilang dan muncul di belakangnya**, membuat jantungnya hampir meloncat. Raka berbalik, mengayunkan linggis, tapi yang ia pukul hanyalah udara kosong.

Suara itu terdengar di kepalanya, lembut tapi menakutkan:

"Kau terlalu lambat... mereka menunggumu."

Korban Baru dan Pengkhianatan Terlihat

Saat pengintaian berlangsung, Raka menemukan **sekelompok warga yang tampak linglung di tengah jalan**. Mereka berjalan tanpa arah, mata kosong, beberapa memegang tangan satu sama lain. Fragmen telah menempel pada mereka, menjadikan mereka pion dalam permainan waktu yang rumit.

Di antara mereka, Raka melihat wajah familiar: **Pak Harjo**, pedagang tua yang sempat ia temui di awal fragmentasi. Wajahnya datar, gerakannya lambat. Raka mendekat dan mencoba berbicara, namun Pak Harjo menatapnya tanpa mengakui siapa pun.

"Raka... aku... tidak bisa..." suara Pak Harjo terdengar serak, tapi bukan dari mulutnya sendiri. Suara itu seolah keluar dari kota itu sendiri.

Raka menyadari satu hal yang menakutkan: **Mata Tersembunyi bukan hanya memanipulasi fragmentasi, tapi juga manusia yang pernah dekat dengannya**. Siapa pun yang ia anggap aman bisa menjadi musuh tanpa disadari.

Dan itu bukan satu-satunya pengkhianatan. Di balik kabut, Raka melihat **bayangan tinggi ramping** yang semalam muncul di menara jam. Sosok itu tersenyum, menyaksikan korban yang ia ciptakan, kemudian menghilang.

Menyusuri Asal Fragmen

Raka tahu untuk melawan Mata Tersembunyi, ia harus **menemukan asal fragmen itu sendiri**. Ia kembali ke perpustakaan tua dan membuka bagian tersembunyi di lantai dasar, di balik rak buku yang goyah. Di sana, ia menemukan **manuskrip yang berdebu**, berisi catatan tentang ritual kuno yang mengikat fragmen ke kota Nirmala.

Catatan itu berbunyi:

"Fragmen muncul dari waktu yang terperangkap; mereka mencari manusia dengan energi kuat untuk menjadi jangkar. Mata Tersembunyi muncul untuk memilih tuan baru, dan mereka tidak pernah salah.

Untuk mengalahkan Mata, seseorang harus **menghadapi ketakutannya sendiri** dan menolak fragmentasi sepenuhnya."

Raka membaca berulang kali. Ia sadar ia harus **menggunakan dirinya sendiri sebagai jangkar**, menghadapi ketakutan yang belum ia sadari: kehilangan Sinta, kota, dan bahkan nyawanya sendiri.

"Kalau aku gagal... Mata Tersembunyi akan mengambil semuanya," gumamnya, tangan menggenggam kristal.

Pertarungan Psikologis

Malam itu, Raka memutuskan untuk **menarik Mata Tersembunyi keluar**, menggunakan dirinya sebagai umpan. Ia pergi ke alun-alun kota, tempat energi fragmentasi tertinggi. Lampu jalan berkelip, kabut menebal, dan bayangan kota bergelombang seperti air.

Mata Tersembunyi muncul perlahan, **tampak sebagai ribuan titik ungu yang membentuk wajah manusia**. Mereka menatap langsung ke Raka, menimbulkan rasa takut yang menyesakkan dada.

"Kau pikir kau bisa melawanku?" suara itu terdengar di kepalanya, berulang tanpa henti.

Raka menutup mata, memusatkan energi kristal, dan membayangkan **ketakutannya sendiri**: kehilangan Sinta, warga kota, dan dirinya ditelan waktu. Energi ungu berputar liar, namun Raka menahannya, menyalurkan ketakutannya menjadi kekuatan stabilisasi.

Fragmen mundur perlahan, Mata Tersembunyi bergetar, seperti merasakan keberanian manusia yang tak terbendung. Raka membuka mata, menghadapi bayangan itu dengan tegas.

"Aku tidak akan membiarkan kalian menguasai kota atau manusia lagi!"

Fragmen berputar liar, lalu meledak menjadi cahaya ungu yang menembus langit. Mata Tersembunyi lenyap seketika, dan kota kembali tenang. Tapi Raka tahu ini hanya **kemenangan sementara**.

Kesadaran Baru

Di atas bangku alun-alun, Raka duduk terengah. Kristal ungu berdenyut di dadanya, dan Sinta muncul, menatapnya dengan mata penuh kekaguman dan ketakutan.

"Kau... berhasil... tapi aku rasa mereka masih mengintai," kata Sinta, suara pelan.

Raka menganggguk. Ia menyadari bahwa kota Nirmala kini **terikat dengan fragmen dan Mata Tersembunyi**, dan siapa pun bisa menjadi alat atau korban. Ancaman nyata ada di mana-mana, dan ia harus terus waspada.

Namun ia juga menemukan kekuatan baru: **kemampuan untuk menghadapi ketakutan sendiri** dan memanfaatkan energi fragmen untuk stabilisasi sementara. Ini menjadi modal penting untuk melanjutkan perlawanan, dan menyiapkan **konflik besar di Bab 15 dan 16**.

Di langit, senja menutup hari dengan semburat merah dan ungu, memantulkan bayangan kota yang tampak damai tapi penuh rahasia. Raka tahu bahwa **Mata Tersembunyi bukan musuh terakhir**, dan kota Nirmala baru saja memasuki babak perang antara manusia dan fragmentasi waktu.

"Ini baru permulaan... Mata Tersembunyi hanya menunggu langkahku selanjutnya," gumamnya.

Bab 15. Jebakan Bayangan

Malam menyelimuti kota Nirmala dengan tirai gelap yang tebal. Jalanan sempit yang biasanya dipenuhi lampu kuning temaram kini tampak menakutkan, seolah menyembunyikan rahasia di setiap sudutnya. Angin malam membawa aroma hujan yang baru saja reda, bercampur dengan bau tanah basah dan asap bakaran sampah. Raka berdiri di tepi alun-alun, memandang ke arah menara jam yang sudah lama tidak berdetak dengan benar. Di atas sana, bayangan ramping yang semalam ia lihat mengintai, mata tak terlihat yang selalu menunggu.

Raka tahu, **Mata Tersembunyi belum pergi**. Mereka hanya mundur sementara, mengintai dari jarak aman, menunggu saat ia lengah. Namun malam ini ada yang berbeda. **Sensasi dingin menyelinap di tulang belakangnya**, dan ia merasakan getaran fragmentasi yang lebih intens daripada sebelumnya.

Pertanda Bahaya

Raka melangkah pelan di gang menuju rumah Sinta. Ia membawa senter, linggis, dan kristal ungu yang berdenyut di dadanya. Jalanan tampak kosong, tapi rasa waswas semakin menguat. Setiap langkahnya terdengar seperti gema panjang, dan bayangan tembok tampak memanjang seperti makhluk hidup.

Sinta sudah menunggu di depan pintu, matanya merah karena kurang tidur. Tubuhnya masih gemetar, tetapi ada tekad baru yang muncul. Ia tahu bahwa Raka tidak akan membiarkannya sendirian menghadapi fragmentasi dan Mata Tersembunyi.

"Raka... aku merasakan sesuatu di rumah tetangga Pak Harjo," katanya, suaranya bergetar. "Seolah... mereka sedang memancing kita."

Raka menelan ludah. Ia tahu itu adalah **pertanda jebakan**. Mata Tersembunyi biasanya memanfaatkan manusia yang dekat dengan mereka, dan Pak Harjo yang masih terpengaruh fragmentasi bisa menjadi alat mereka.

"Kita harus hati-hati," kata Raka. "Setiap gerakan kita bisa dipantau."

Menemukan Jejak Fragmentasi

Mereka berjalan bersama ke rumah Pak Harjo, melewati gang sempit yang dipenuhi bayangan. Setiap langkah Raka terasa berat; udara malam menekan dada, dan suara langkah mereka terdengar seperti gema yang menyebar di seluruh kota.

Sesampainya di rumah Pak Harjo, mereka menemukan **pintu terbuka sedikit**, seperti sengaja dibiarkan. Bau obat-obatan tua dan debu memenuhi udara. Raka merasakan getaran fragmentasi yang semakin intens dari dalam rumah.

"Sepertinya mereka... menunggu kita di dalam," bisik Raka.

Dengan hati-hati, mereka masuk. Lantai berderit di bawah kaki mereka, dan bayangan lampu senter menari di dinding. Di ruang tamu, mereka melihat **Pak Harjo duduk di kursi goyang**, matanya kosong, tangan gemetar memegang koran tua. Namun yang mengejutkan adalah **bayangan tinggi ramping muncul di sudut ruangan**, menyatu dengan kegelapan.

Raka menahan napas. Sosok itu tidak bergerak, tapi **perasaannya seolah bisa menembus kulitnya.** Sinta menempel di belakang Raka, gemetar, tapi mencoba menahan diri agar tidak berteriak.

"Ini jebakan," bisik Raka.

Bayangan yang Memanipulasi Waktu

Tiba-tiba, bayangan itu bergerak. Ia **menyebar ke seluruh ruangan**, mengubah persepsi waktu dan ruang. Lantai tampak memanjang, dinding menekuk, dan koridor yang semula sempit kini terasa tak berujung. Fragmentasi mulai memanifestasikan diri dalam bentuk

suara-suara samar, bisikan dari masa lalu, dan bayangan manusia yang melintas cepat.

"Mereka... bisa mengubah persepsi kita," kata Sinta dengan suara serak. "Kita bisa tersesat di rumah ini selamanya!"

Raka menutup mata, mencoba menenangkan diri. Ia merasakan kristal ungu berdenyut lebih cepat, seolah merespons ketakutannya. Fragmentasi mencoba memanipulasi ketakutan mereka, membuat mereka kehilangan kendali.

Raka membuka mata, menatap bayangan tinggi itu. Dengan gerakan cepat, ia menyalakan kristal ungu, menciptakan lingkaran cahaya di sekelilingnya. Cahaya itu **membuat bayangan retak seperti kaca**, tetapi fragmentasi tidak hilang sepenuhnya.

"Mereka menunggu kita untuk membuat kesalahan," kata Raka.

Korban Baru

Tiba-tiba terdengar suara keras dari lantai atas. Raka dan Sinta berlari ke tangga, menemukan **tetangga lain, Bu Ratna**, terperangkap dalam lingkaran fragmentasi, matanya kosong, tubuhnya gemetar. Fragmen mengelilinginya, seperti makhluk tak kasat mata yang menekannya dari semua sisi.

Raka merasakan ketegangan yang meningkat. Ia tahu **fragmen bisa mengambil korban dengan cepat**, dan Mata Tersembunyi menggunakan manusia sebagai pion untuk menguji kemampuan mereka. Dengan cepat, ia menyalakan kristal, menciptakan perisai cahaya yang menahan fragmentasi sementara.

"Cepat, kita harus menariknya keluar!" teriak Raka kepada Sinta.

Mereka menarik Bu Ratna keluar dari lingkaran fragmentasi. Begitu keluar, lingkaran itu pecah, dan Bu Ratna terjatuh lemah. Tapi mata Raka menangkap sesuatu yang mengerikan: **bayangan tinggi itu menghilang, tapi suaranya masih terdengar di kepalanya, berbisik: "Kau berikutnya".**

Jebakan Psikologis

Setelah menyelamatkan Bu Ratna, Raka menyadari bahwa ini bukan hanya serangan fisik, tapi jebakan psikologis. Mata Tersembunyi **memanfaatkan ketakutan terdalam manusia**, menghadirkan masa lalu yang menakutkan, perasaan bersalah, dan kerapuhan mental mereka.

Raka duduk di lantai, mencoba menenangkan diri. Fragmen di kota Nirmala **tidak hanya bermain dengan tubuh manusia, tapi juga pikiran mereka**. Ia menyadari satu hal: untuk mengalahkan Mata Tersembunyi, **ia harus menghadapi bayangan internalnya sendiri**, bukan hanya ancaman eksternal.

"Aku tidak boleh takut... takut hanya akan memberi mereka kekuatan," gumamnya, menatap kristal ungu yang berdenyut di tangannya.

Pengkhianatan Terlihat

Saat mereka hendak meninggalkan rumah Pak Harjo, sesuatu yang mengejutkan terjadi. Dari kegelapan, **bayangan Pak Harjo muncul lagi**, tapi kali ini matanya menyala ungu, berbeda dari sebelumnya. Ia tersenyum dengan ekspresi yang dingin, lalu berkata:

"Kau pikir kau bisa melawan mereka sendirian, Raka?"

Raka menatapnya terkejut. Pak Harjo **telah terpengaruh total oleh Mata Tersembunyi**, dan kini menjadi pion aktif mereka. Fragmen bisa mengubah siapa pun, bahkan mereka yang pernah dianggap aman.

"Ini... pengkhianatan..." bisik Sinta, menahan diri agar tidak berteriak.

Raka tidak punya waktu untuk ragu. Ia menyalakan kristal ungu, menciptakan kilatan cahaya yang memaksa Pak Harjo mundur. Namun ia tahu satu hal: **bukan hanya kota yang berbahaya, tapi orang-orang terdekatnya bisa menjadi musuh kapan saja**.

Menghadapi Bayangan Tinggi

Di alun-alun, Raka menghadapi bayangan tinggi itu lagi. Kali ini, ia tahu bahwa **ini bukan hanya fragmentasi, tapi Mata Tersembunyi yang nyata**. Sosok itu berdiri tanpa bergerak, tapi kehadirannya memancarkan ancaman yang menekan dada.

Raka menyalakan kristal, menyiapkan linggis, dan mulai mengatur strategi. Ia harus memaksa Mata Tersembunyi keluar dari persembunyian dan menahan fragmentasi yang mencoba menelan kota.

"Aku tidak akan mundur... tidak sekarang," kata Raka dengan tegas.

Bayangan itu bergerak cepat, menciptakan ilusi ganda, memanipulasi ruang dan waktu di sekeliling mereka. Fragmentasi menari di udara, mengubah bayangan menjadi makhluk menyeramkan yang mencoba menyerang mereka. Raka menyalakan kristal ungu dengan kekuatan penuh, menciptakan ledakan cahaya yang menahan serangan fragmentasi sementara.

Sinta membantu, memusatkan energi kristal untuk menahan bayangan di sisi lain. Mereka bekerja sama, menyadari bahwa **satu-satunya cara menghadapi Mata Tersembunyi adalah dengan keberanian dan koordinasi.**

Kesadaran Baru dan Penutup Bab

Malam itu berakhir dengan ketegangan yang belum terselesaikan. Mata Tersembunyi mundur ke kegelapan, tapi ancamannya tetap terasa. Raka dan Sinta berdiri di alun-alun yang sepi, menatap kota Nirmala yang tampak tenang, namun bayangan fragmentasi masih menempel di setiap sudut.

"Ini baru permulaan," kata Raka pelan.

"Aku rasa mereka akan mencoba lagi... dan mungkin lebih banyak orang akan terjebak," kata Sinta, menatap ke langit yang masih bercampur warna ungu dan merah senja.

Raka menyadari satu hal yang penting: **Mata Tersembunyi bukan hanya ancaman eksternal, tapi perang psikologis yang akan terus berlangsung**, dan kota Nirmala adalah arena pertarungan antara manusia dan fragmentasi. Mereka mungkin selamat malam ini, tapi jebakan baru pasti menanti.

Langit gelap menelan kota, dan di setiap sudut, bayangan menunggu. Raka tahu bahwa di Bab 16 dan 17, **konflik akan mencapai titik terendah**, dan ancaman akan menjadi lebih nyata daripada sebelumnya.

Bab 16. Titik Terendah

Malam itu terasa berbeda. Angin dingin berhembus lebih kencang di sepanjang gang sempit Kota Nirmala, membawa aroma tanah basah dan daun busuk. Suara langkah kaki Raka terdengar bergema, tapi anehnya, tak ada tanda-tanda orang lain di jalan. Semua jendela rumah tampak tertutup rapat. Lampu-lampu jalan yang biasanya kuning temaram kini berkedip tak menentu, seolah kota itu menahan napas.

Raka memandang ke arah Sinta yang berjalan di sampingnya. Wajahnya pucat, matanya memancarkan ketakutan yang tertahan, dan tangannya menggenggam erat kristal ungu. Mereka baru saja menghadapi jebakan bayangan di rumah Pak Harjo, dan pengalaman itu meninggalkan luka mendalam. Namun kini, mereka tidak punya pilihan selain melanjutkan penyelidikan, karena setiap menit yang hilang memberi fragmentasi kesempatan untuk memperkuat pengaruhnya.

"Aku rasa mereka... tahu langkah kita selanjutnya," kata Sinta pelan, suaranya hampir tenggelam oleh desah angin.

"Iya... dan aku tidak yakin siapa yang masih bisa kita percaya," jawab Raka.

Di sekeliling mereka, bayangan-bayangan tipis menari di tembok, memanjang dan berputar, memanipulasi cahaya lampu jalan yang remang-remang. Fragmentasi tidak hanya muncul di rumah tertentu, tapi mulai merembet ke seluruh kota. Bahkan orang-orang yang tampaknya normal bisa tiba-tiba menjadi ancaman.

Kehilangan Arah

Raka mencoba mengingat jejak yang mereka temukan sebelumnya: buku tua yang membawanya ke berbagai rahasia kota, fragmen yang bersifat memanipulasi persepsi, dan bisikan-bisikan yang mengerikan dari Mata Tersembunyi. Namun malam itu, ia merasakan **fragmentasi**

semakin kuat, seolah kota itu sendiri telah berubah menjadi labirin tak berujung.

Mereka tiba di gang yang biasanya menuju rumah Pak Arif. Tapi kali ini, gang itu tampak berbeda, dinding yang sempit kini terasa menekuk, lantai tampak bergelombang, dan arah lorong tampak bergeser saat mereka berjalan.

"Ini... seperti perangkap," bisik Sinta, menggenggam tangan Raka.

"Iya... fragmentasi bisa memanipulasi ruang. Kita harus tetap tenang," jawab Raka, menyalakan kristal ungu untuk menerangi jalan.

Namun, ketenangan itu sulit dicapai. Setiap bayangan yang melintas di tepian mata mereka tampak hidup, mengikuti gerakan mereka, dan sesekali membentuk sosok-sosok manusia yang familiar, tetapi dengan mata kosong dan senyum yang mengerikan. Fragmentasi mulai bermain dengan psikologi mereka, memutarbalikkan kenangan dan ketakutan terdalam.

Pengkhianatan Terlihat Lebih Dekat

Saat mereka mencapai ujung gang, terdengar suara langkah kaki yang tidak sinkron dengan mereka. Raka berhenti, mendengarkan. Suara itu semakin dekat, tapi saat ia menyalakan lampu senter, tidak ada seorang pun. Namun sebuah pintu kayu tua di samping mereka bergerak perlahan, mengeluarkan suara derit panjang.

Sinta menatap Raka, matanya berbinar dengan rasa takut dan curiga.

"Raka... sepertinya mereka menunggu kita," katanya.

"Ya... dan aku rasa ini bukan jebakan biasa," jawab Raka.

Dengan hati-hati, mereka membuka pintu itu. Di dalam, mereka menemukan **anak-anak muda yang tampak seperti tersesat**, duduk membeku di lantai. Namun ketika mendekat, Raka menyadari bahwa mata mereka kosong, dan mereka tampak seperti **pion dari fragmentasi**, yang siap digunakan untuk memanipulasi mereka. Di sudut ruangan, bayangan tinggi itu muncul lagi, menempel di kegelapan, tanpa suara, tapi aura ancamannya memaksa udara di sekitar mereka menjadi tebal dan sesak.

Raka menyadari satu hal: Mata Tersembunyi **tidak hanya menyerang secara fisik, tapi juga memanipulasi orang-orang terdekat mereka**, menjadikan mereka musuh tanpa mereka sadari.

Fragmentasi Menghantui Masa Lalu

Tiba-tiba, bayangan itu bergerak cepat, dan fragmentasi menyerang dengan bentuk yang lebih nyata. Lantai berubah menjadi cair, dinding tampak meleleh, dan bayangan masa lalu Raka muncul—ibunya yang meninggal, teman masa kecil yang mengkhianatinya, dan suara-suara yang menuduhnya gagal melindungi orang yang dicintai.

"Aku... aku tidak bisa..." Sinta menjerit, menutupi wajahnya.

"Tenang... fokus pada cahaya!" Raka menenangkan, menyalakan kristal ungu.

Kristal itu berdenyut semakin kuat, menciptakan lingkaran cahaya yang menahan serangan fragmentasi. Namun Raka menyadari bahwa ini bukan cukup. Fragmentasi **memanfaatkan rasa bersalah dan trauma masa lalu**, membuat mereka lemah dari dalam. Ia harus menghadapi ketakutan terdalamnya jika ingin bertahan.

"Aku tidak bisa lari dari ini... tidak sekarang," gumam Raka dalam hati.

Titian Pengorbanan

Di tengah kekacauan itu, Sinta tiba-tiba ditarik oleh bayangan tinggi. Tangan Raka memegang kristal, tapi ia tahu **ia tidak bisa menahan semua fragmentasi sendiri**. Dengan cepat, Raka memutuskan untuk mengambil risiko—ia melepaskan sebagian energi kristal untuk menahan bayangan sementara, memberi Sinta kesempatan untuk lari ke arah lorong yang lebih aman.

"Pergi! Aku akan menghalangi mereka!" teriak Raka.

"Raka... jangan!" Sinta berteriak, tapi ia tahu Raka tidak bisa dihalangi.

Dengan keberanian yang tersisa, Raka berdiri di tengah lingkaran fragmentasi, memusatkan seluruh energi kristal ungu ke tubuhnya. Cahaya menyinari sekeliling, menciptakan dinding sementara yang menahan bayangan tinggi itu. Fragmentasi menyerang dari segala arah, menekan fisik dan mentalnya hingga hampir tidak tertahankan.

"Aku tidak akan kalah... aku tidak akan..." Raka menggertakkan gigi, menahan serangan yang hampir menghancurkan dirinya.

Korban dan Kehilangan

Ketika cahaya mulai meredup, Raka menyadari sesuatu yang memilukan. Banyak korban di gang dan rumah sekitar telah ditarik fragmentasi, beberapa hilang tanpa jejak. Sinta berlari kembali, matanya basah, tapi melihat Raka yang lemah, tersandar di dinding. Kristal ungu tampak retak di tangannya.

"Raka... kau baik-baik saja?" Sinta menangis.

"Aku... masih hidup... tapi mereka... fragmentasi... mereka semakin kuat," Raka menjawab, suaranya serak dan hampir hilang.

Raka menyadari titik terendahnya. Ia kehabisan energi, kristal mulai retak, dan bayangan tinggi itu tetap ada, menunggu mereka. Fragmentasi telah memenangkan satu ronde psikologis, menunjukkan bahwa **kota Nirmala dan orang-orang yang dicintai Raka bisa jatuh kapan saja**.

Kesadaran Baru

Di tengah kekacauan itu, Raka menemukan satu hal yang penting. Fragmentasi tidak hanya menyerang secara fisik, tapi mereka **menguji keberanian, kesetiaan, dan ketahanan mental manusia**. Raka menyadari bahwa satu-satunya cara untuk bertahan adalah:

1. **Menghadapi bayangan internalnya**, rasa takut, rasa bersalah,

dan trauma masa lalu.

2. **Mempercayai orang-orang di sekitarnya**, Sinta dan mungkin pion manusia lainnya bisa menjadi sekutu jika mereka bersatu.
3. **Mencari titik lemah fragmentasi**, bukan di fisik, tapi di logika dan emosi yang mereka manipulasi.

Raka menatap Sinta, dan dalam diam mereka sepakat. Titik terendah ini bukan akhir; ini adalah fase yang mengharuskan mereka **bangkit lebih kuat**.

Titik Terendah Kota

Malam itu, Kota Nirmala tampak hening, tapi sebenarnya tidak. Fragmentasi bergerak di balik bayangan, di rumah kosong, dan di gang-gang sempit. Setiap warga yang hilang atau terpengaruh menambah kekuatan mereka. Mata Tersembunyi tampak menang, tetapi Raka tahu bahwa kegelapan terbesar hanyalah **sebagian dari ujian yang harus mereka lewati**.

Raka dan Sinta duduk di sebuah atap tua, menatap langit malam yang bercampur warna ungu dan merah senja. Mereka lelah, tetapi tekad mereka tumbuh.

"Ini... baru permulaan," kata Raka, matanya menatap langit dengan tekad.

"Aku tahu... kita harus menemukan cara untuk menyingkirkan mereka... sebelum lebih banyak yang hilang," kata Sinta, menggenggam tangannya.

Mereka menyadari satu hal: Bab-bab berikutnya akan membawa mereka ke **batas kemampuan manusia, ujian psikologis, dan pertarungan melawan fragmentasi yang tidak hanya nyata tapi juga metaforis**. Titik terendah ini adalah awal dari **kebangkitan terbesar mereka**.

Bab 17. Jebakan Mematikan

Hujan turun dengan derasnya di Kota Nirmala. Setiap tetesnya terdengar seperti ketukan raksasa di atap-atap genteng, membentuk ritme yang mengerikan dan menegangkan. Raka berdiri di pinggir gang sempit, memandangi jalanan yang tergenang air. Lampu jalan yang berkedip menciptakan bayangan memanjang, menari-nari seperti sosok hidup. Suasana malam itu lebih menakutkan daripada malam-malam sebelumnya, seolah kota itu menyiapkan jebakan yang akan memaksa mereka mengorbankan sesuatu yang berharga.

Sinta menggenggam tangan Raka erat-erat, dan matanya tidak lepas dari setiap gerakan di kegelapan. Setelah peristiwa malam sebelumnya, mereka tidak hanya kelelahan secara fisik, tetapi **psikologis pun terguncang**. Fragmentasi kini tidak lagi berupa bayangan samar, mereka menjadi lebih agresif, menyerang bukan hanya melalui ruang, tapi melalui ingatan dan ketakutan terdalam.

"Kau yakin kita harus ke sini?" bisik Sinta, suaranya hampir tenggelam oleh gemuruh hujan.

"Kita tidak punya pilihan lain," jawab Raka, menatap ke arah rumah tua di ujung gang. Rumah itu adalah tempat terakhir yang dikabarkan korban hilang terlihat, dan dari sinilah fragmentasi tampaknya semakin kuat.

Memasuki Rumah Tua

Raka mendorong pintu rumah tua itu. Deritnya terdengar seperti teriakan panjang, membangunkan sesuatu yang tersembunyi di dalam. Bau lembap dan kayu tua langsung menyerang hidung mereka. Kristal ungu di tangan Raka berdenyut pelan, cahayanya menembus gelap tipis. Setiap langkah terdengar bergema, memantul di dinding-dinding yang retak.

Di ruang tamu, ada sesuatu yang aneh. Furnitur tampak normal, tapi beberapa bayangan tampak bergerak tanpa alasan. Sebuah cermin besar menempel di dinding, memantulkan wajah mereka, namun dalam pantulan itu, mata mereka tampak kosong, seperti diambil oleh fragmentasi.

"Ini... ini bukan pantulan kita yang sebenarnya," gumam Sinta.

"Aku tahu... fragmentasi bisa meniru orang. Jangan percaya apa yang kau lihat di sini," jawab Raka, menggenggam tangannya lebih erat.

Raka melangkah maju, mencoba menenangkan pikirannya. Setiap bayangan yang tampak seperti manusia adalah jebakan, tapi mereka harus menemukan petunjuk. Di pojok ruangan, ia melihat sebuah buku yang tampak seperti **buku tua yang sama dengan yang memulai semua ini**, tapi kali ini berbeda, lebih gelap, halaman-halamannya tampak basah, seolah menahan rahasia yang belum pernah mereka temui sebelumnya.

Saat Raka membuka buku itu, bayangan di ruangan bergerak lebih agresif. Sesuatu menyentuh punggungnya, hangat tapi menyeramkan. Ia menoleh, dan hanya melihat udara kosong. Kristal ungu berdenyut semakin cepat, menandakan fragmentasi semakin dekat, dan mereka harus bertindak sebelum terperangkap selamanya.

Jebakan Pertama

Tiba-tiba lantai di bawah mereka bergoyang, dan bagian dari lantai runtuh, membuat mereka tergelincir ke ruang bawah tanah yang gelap. Mereka mendarat di lantai lembap, dan rasa dingin langsung menyerang tulang. Di bawah, aroma tanah basah dan busuk semakin pekat. Lampu kristal ungu hampir tidak bisa menembus gelap yang menyelimuti.

"Ini... seperti perangkap," kata Sinta sambil menahan napas.

"Iya... fragmentasi ingin kita panik," jawab Raka, sambil menelusuri lorong sempit.

Lorong bawah tanah itu berliku-liku, seperti labirin yang tidak pernah mereka lihat sebelumnya. Setiap belokan membawa ketakutan baru: suara langkah yang tidak sinkron dengan mereka, bayangan yang tampak mengikuti dari belakang, dan bisikan-bisikan samar yang memanggil nama mereka. Fragmentasi kini tidak hanya menyerang secara fisik, tapi **memanipulasi persepsi dan memutarbalikkan logika mereka**.

Di ujung lorong, mereka menemukan sebuah ruangan yang dipenuhi oleh cermin. Setiap cermin memantulkan versi mereka sendiri, tetapi setiap versi tampak berbeda: ada yang tersenyum, ada yang menangis, ada yang tampak marah. Raka menyadari jebakan fragmentasi: mereka **harus memilih cermin yang benar untuk keluar**, salah langkah bisa membuat mereka terperangkap selamanya di dalam pantulan ilusi.

"Kau yakin bisa melakukannya?" tanya Sinta dengan suara gemetar.

"Aku harus... kita harus," jawab Raka.

Tes Psikologis

Raka mulai memeriksa setiap pantulan cermin dengan cermat, membandingkan gerakan mereka dengan gerakan nyata. Sementara itu, Sinta menutup mata dan mencoba merasakan energi kristal ungu, mencari jalur yang paling aman. Fragmentasi tidak tinggal diam. Mereka muncul di pantulan cermin sebagai sosok yang paling menakutkan, memutarbalikkan ingatan Raka tentang ibunya, teman yang mengkhianatinya, dan semua kegagalan masa lalu.

Raka merasakan jantungnya berdebar, tapi ia harus tetap fokus. Dengan perlahan, ia memilih cermin yang memantulkan dirinya secara paling natural, tanpa distorsi emosional. Sinta mengikuti, menyalakan kristal dengan fokus penuh. Saat mereka melangkah, pantulan fragmentasi mencoba menyeret mereka ke dalam cermin, tapi cahaya kristal menciptakan pelindung sementara, memisahkan realitas dan ilusi.

"Kita berhasil... tapi hanya sebentar," kata Raka, menatap bayangan yang tampak menunggu mereka di ujung ruangan.

Pengkhianatan Terungkap

Saat mereka keluar dari ruangan cermin, mereka mendapati seorang pria berdiri menunggu di lorong lain. Wajahnya familiar—teman lama Raka, Rendi, yang sebelumnya mereka percaya sebagai sekutu. Namun matanya kosong, dan gerakannya kaku seperti boneka.

"Rendi...?" Raka terkejut.

"Aku... aku harus... menghentikan kalian," kata Rendi dengan suara yang terdengar tidak sepenuhnya miliknya.

Fragmentasi telah memanipulasi Rendi, menjadikannya pion untuk menjebak Raka dan Sinta. Sekarang, mereka bukan hanya menghadapi labirin fragmentasi, tapi juga pengkhianatan dari orang yang dipercaya.

Rendi menyerang dengan pisau kecil, namun Raka berhasil menangkisnya menggunakan kristal ungu. Fragmentasi kini bekerja melalui manusia, menciptakan jebakan fisik dan psikologis sekaligus. Raka menyadari bahwa **kepercayaan mereka bisa dimanipulasi, dan setiap langkah salah bisa berakibat fatal.**

Melawan Jebakan Fragmentasi

Raka dan Sinta berhasil mengalahkan Rendi tanpa membahayakan nyawanya. Mereka menggunakan kristal untuk menahan fragmentasi sementara, tapi ruang bawah tanah itu mulai runtuh. Suara gemuruh terdengar di seluruh bangunan, menunjukkan bahwa jebakan fragmentasi kini mencapai titik maksimum.

"Kita harus keluar dari sini... sekarang!" teriak Raka.

Mereka berlari melalui lorong gelap, fragmentasi terus menyerang dari berbagai arah, bayangan, cermin, bahkan Rendi yang masih di bawah pengaruh fragmentasi. Setiap langkah mereka terasa berat, dan setiap napas membawa rasa sakit. Namun Raka menemukan cara:

menggunakan energi kristal untuk menyalurkan ketakutan fragmentasi menjadi kekuatan, menciptakan jalur aman di lorong sempit.

Kehilangan dan Korban

Saat mereka mendekati tangga keluar, lantai di bawah Sinta runtuh. Raka berhasil menahan tangannya dengan kekuatan terakhir, tetapi sebagian lengan Sinta terluka parah. Mereka akhirnya berhasil keluar dari rumah tua itu, basah kuyup, lelah, dan berdarah. Hujan malam itu tidak lagi terasa dingin; ia menjadi saksi dari pengorbanan dan keberanian mereka.

"Maaf... aku..." kata Sinta, menatap Raka dengan mata penuh air.

"Tidak... kita selamat... itu yang penting," jawab Raka, menahan napas berat.

Namun Raka menyadari sesuatu yang lebih penting: fragmentasi tidak hanya membahayakan mereka secara fisik. Mereka **menyerang pikiran, memanfaatkan ketakutan terdalam, dan bisa memanipulasi orang-orang yang dipercaya**. Kota Nirmala sekarang menjadi medan perang psikologis dan fisik, dan jebakan fragmentasi hanya akan semakin kompleks.

Kesadaran Baru

Malam itu, di tengah hujan deras dan jalanan yang tergenang, Raka dan Sinta menatap langit yang kelam. Mereka tahu jebakan fragmentasi bukan hanya soal ruang dan manusia, tapi juga **strategi, psikologi, dan kepercayaan**. Setiap langkah mereka ke depan harus lebih berhati-hati.

"Kita harus lebih pintar, lebih cepat... dan tidak bisa menaruh kepercayaan begitu saja," kata Raka.

"Aku mengerti... tapi kita tidak bisa menyerah," jawab Sinta.

Fragmentasi telah menunjukkan satu hal: jebakan bisa datang dari mana saja, manusia, ruang, atau bahkan bayangan. Dan malam itu, mereka menyadari bahwa **pertarungan sesungguhnya baru akan dimulai**.

Baik! Kita lanjutkan ke **Bab 18, "Lorong Tanpa Akhir"** dengan lebih dari 2000 kata, menjaga nuansa **sinematik modern, lokal, thriller, dan misteri psikologis**.

Bab 18. Lorong Tanpa Akhir

Hujan malam itu tidak kunjung reda. Kota Nirmala seolah dibasahi oleh udara tegang yang menempel di setiap sudut. Raka dan Sinta berjalan menembus genangan air, tubuh mereka lelah, tapi pikiran mereka lebih terjepit oleh rasa takut daripada oleh fisik. Setiap langkah menimbulkan suara langkah lain yang tidak seirama, seakan lorong-lorong kota yang biasanya familiar telah berubah menjadi labirin hidup.

Setelah keluar dari rumah tua, mereka tidak kembali ke rumah masing-masing. Raka tahu fragmentasi, entitas yang membelah realitas dan psikologi manusia, tidak akan berhenti hanya karena mereka berhasil lolos dari jebakan pertama. Ia memimpin Sinta ke sebuah gang yang jarang dilalui orang, tempat yang menurut kabar orang tua kota dulunya merupakan jalur rahasia penyelundup dan tempat persembunyian lama.

"Kita harus tetap bergerak... jangan berhenti," kata Raka sambil menyalakan kristal ungu yang memancarkan cahaya redup.

"Tapi ke mana kita harus pergi? Fragmentasi bisa muncul di mana saja," gumam Sinta, matanya tetap waspada pada setiap bayangan.

Lorong yang Berubah

Begitu mereka masuk ke gang sempit itu, Raka menyadari sesuatu yang aneh. Gang itu tidak sama seperti sebelumnya, dindingnya tampak menebal, menyempit, dan bayangan di atasnya bergerak sendiri, menyesuaikan posisi mereka. Kristal ungu berdenyut cepat, seolah memperingatkan mereka: fragmentasi telah menempel pada jalur ini.

"Ini... seperti lorong hidup," bisik Sinta.

"Iya... dan ia tahu kita di sini," jawab Raka, mencoba menahan panik.

Setiap belokan membawa mereka ke tempat yang tidak mereka kenali. Rumah-rumah yang familiar berubah menjadi reruntuhan, lampu jalan yang biasanya hangat kini berkedip merah, menciptakan ilusi bahaya yang nyata. Fragmentasi tampaknya menggunakan lorong-lorong ini untuk **menguji ketahanan psikologis mereka**, membuat mereka kehilangan orientasi, dan merasakan ketakutan paling murni.

Di salah satu tikungan, Raka melihat seorang anak kecil berdiri sendiri, menatap mereka dengan mata hitam yang kosong. Kristal ungu bergetar hebat, dan Raka tahu: ini bukan anak sungguhan, tapi manifestasi fragmentasi yang mencoba **menarik mereka ke jebakan emosional**.

"Jangan... jangan lihat ke matanya," peringatan Sinta terdengar terguncang.

"Aku... aku tahu..." jawab Raka, menahan napas dan memalingkan wajahnya.

Mereka berhasil melewati anak itu, tapi rasa takut mulai menjalar ke dalam diri mereka. Fragmentasi kini menyerang bukan hanya melalui ruang, tapi juga melalui ingatan.

Fragmentasi Menggali Masa Lalu

Raka mulai merasakan tekanan mental. Bayangan fragmentasi muncul, memanipulasi ingatan masa kecilnya, menghidupkan kembali ketakutan yang ia kira telah hilang: ayah yang keras, teman yang mengkhianati, dan rasa bersalah yang tidak pernah ia akui pada siapa pun. Sinta, di sisi lain, melihat versi dirinya yang lebih lemah, tergantung pada orang lain untuk keselamatan, sebuah ilusi yang bisa membuatnya menyerah.

"Raka... aku tidak kuat," kata Sinta, suaranya hampir pecah.

"Jangan biarkan mereka menang! Ingat, ini semua jebakan! Ini bukan nyata!" teriak Raka, sambil menyalakan kristal lebih terang.

Namun fragmentasi semakin agresif. Dinding gang mulai berubah bentuk, memanjang dan menekuk, seperti lorong yang menelan mereka. Tetesan hujan di atas genteng terdengar semakin dekat, berdesing di telinga, menciptakan tekanan tambahan yang membuat mereka hampir kehilangan arah.

Di tengah lorong, mereka menemukan pintu tua yang seharusnya tidak ada. Raka membuka pintu itu, dan mereka terjatuh ke ruang bawah tanah lain—lebih luas, lebih gelap, dan lebih berbahaya daripada sebelumnya. Ruangan itu dipenuhi oleh cermin-cermin retak dan simbol-simbol aneh di dinding, mengisyaratkan fragmentasi telah **mengikat realitas dan waktu di sini menjadi satu**.

Ilusi yang Membingungkan

Mereka berdua berdiri di tengah ruangan, mencoba menenangkan napas. Kristal ungu berdenyut semakin cepat, menunjukkan fragmentasi hadir di sekitar mereka. Bayangan bergerak, mengulangi gerakan mereka sendiri, tapi terkadang melambat atau maju terlalu cepat. Raka menyadari bahwa **ilusi ini bukan hanya visual, tapi juga temporal**: mereka melihat versi masa depan atau masa lalu dari diri mereka sendiri.

"Apa... apa ini?" bisik Sinta, menatap bayangan dirinya yang sedang tersenyum penuh kengerian.

"Fragmentasi... ia mencoba memecah kita menjadi pecahan yang berbeda... agar kita tidak bisa berpikir jernih," jawab Raka.

Sinta menutup mata, berusaha mendengar detak jantungnya sendiri dan menenangkan pikirannya. Raka, di sisi lain, mulai menyusun strategi: **mereka harus memilih satu jalur nyata di antara semua ilusi ini**, dan kristal ungu menjadi satu-satunya indikator arah yang bisa dipercaya.

"Kita harus bergerak bersama... jangan terpisah," peringatannya terdengar tegas.

Jebakan Fisik dan Psikologis

Tiba-tiba lantai di bawah mereka bergetar hebat. Bagian dari ruangan runtuh, dan mereka hampir jatuh ke jurang sempit. Dari bayangan muncul sosok-sosok menyeramkan: manusia dengan wajah terdistorsi, tangan panjang dan menggeliat. Raka dan Sinta harus menyeimbangkan diri sambil menangkis serangan bayangan menggunakan cahaya kristal.

"Mereka bisa memanipulasi ruang juga... ini tidak hanya ilusi!" teriak Raka.

Serangan fragmentasi tidak hanya fisik. Bayangan itu berbisik, memanggil nama mereka, mengulang kegagalan masa lalu, menanam rasa bersalah dan takut. Sinta hampir menyerah ketika suara fragmentasi menyeret ingatannya ke malam di mana ia merasa gagal menyelamatkan saudaranya. Raka menahan tangannya, dan dengan kekuatan kristal yang berdenyut, mereka berhasil menciptakan semacam zona aman sementara.

Namun ketika mereka berusaha naik tangga menuju permukaan, fragmentasi menciptakan ilusi lain: tangga berubah menjadi jurang tanpa dasar. Raka harus menggunakan intuisi dan energi kristal untuk memilih anak tangga yang benar. Setiap langkah salah bisa membuat mereka jatuh ke dalam jebakan yang mungkin tak terelakkan.

Konflik Internal

Di lorong ini, fragmentasi mulai menyerang secara psikologis dengan cara lebih halus: mereka memunculkan **versi diri yang lebih gelap** dari Raka dan Sinta.

- Versi Raka yang gagal, takut, dan menyerah.

- Versi Sinta yang egois, hanya memikirkan diri sendiri, mengabaikan keselamatan Raka.

Mereka harus berhadapan dengan versi diri ini, dan menerima bahwa **ketakutan dan kelemahan mereka adalah bagian dari diri mereka sendiri**. Jika mereka gagal menerima hal ini, fragmentasi akan menang, menjebak mereka di lorong tanpa akhir selamanya.

"Kau harus memilih... siapa yang akan kau ikuti," suara fragmentasi terdengar di telinga mereka, lembut tapi menakutkan.

"Aku... aku memilih kita berdua," jawab Raka, menggenggam tangan Sinta lebih erat.

Kristal berdenyut sangat kuat, cahaya ungu menjalar di seluruh lorong, menciptakan jalur yang bisa mereka ikuti. Fragmentasi mengamuk, tapi cahaya itu adalah bukti bahwa **kepercayaan dan keberanian mereka bisa memecah ilusi**.

Penyatuan Kekuatan

Raka dan Sinta mulai bergerak bersamaan. Setiap bayangan fragmentasi mereka lawan dengan keberanian, dan kristal ungu membantu membedakan ilusi dari kenyataan. Lorong yang sebelumnya tampak tanpa akhir mulai memendek secara perlahan. Mereka menyadari **fragmentasi memang memiliki kendali atas ruang, tapi cahaya kristal dan keteguhan hati mereka bisa menembusnya**.

"Kita hampir di luar... jangan berhenti," kata Raka, napasnya tersengal.

"Aku... aku bisa melakukannya," jawab Sinta, menatap mata Raka dengan tekad baru.

Setiap langkah menjadi lebih mudah, tapi fragmentasi meluncurkan serangan terakhirnya: versi Raka yang paling gelap muncul di depan mereka, menghadang jalur keluar. Sosok itu menertawakan ketakutan mereka, mengulang semua kegagalan masa lalu.

Raka menatap langsung ke mata sosok itu, dan berkata dengan tegas:

"Aku menerima semua ketakutanku. Aku tidak akan membiarkanmu menang!"

Kristal ungu berdenyut sekuat tenaga, cahaya menyebar di seluruh lorong, dan versi gelap Raka hancur menjadi debu. Fragmentasi menjerit, tapi tidak bisa menahan cahaya itu.

Keluar dari Lorong

Akhirnya, Raka dan Sinta menapaki anak tangga terakhir. Mereka keluar ke gang sempit yang kini kembali normal, hujan masih turun tapi tidak lagi terasa menakutkan. Bayangan fragmentasi menjauh, tertahan oleh cahaya kristal yang kini menyala stabil.

Mereka duduk di tepi jalan, basah kuyup, napas masih tersengal. Sinta menatap Raka dan berkata:

"Kau... kau benar. Kita bisa mengalahkan mereka jika tetap bersama."

"Iya... tapi ini baru permulaan. Fragmentasi akan lebih licik lagi," jawab Raka, menatap gelapnya langit kota Nirmala.

Hujan malam itu menjadi saksi dari keberanian, ketahanan, dan kesadaran baru mereka: **fragmentasi bisa mengendalikan ruang, waktu, dan pikiran, tapi kekuatan kepercayaan dan keberanian bisa mematahkan jebakan yang paling mematikan sekalipun.**

Bab 19. Petunjuk Terakhir

Hujan yang sebelumnya mengguyur kota Nirmala mulai reda, meninggalkan aroma tanah basah dan sisa-sisa kabut yang menempel di setiap sudut gang. Raka dan Sinta berjalan perlahan di trotoar yang basah, kaki mereka menginjak genangan air yang memantulkan lampu jalan, menciptakan ilusi lorong yang memanjang tak berujung. Meskipun fragmentasi berhasil mereka kalahkan sementara di lorong bawah tanah, perasaan waswas tidak hilang. Ada sesuatu yang lebih besar menunggu, sesuatu yang tidak bisa dihadapi hanya dengan keberanian dan cahaya kristal ungu.

"Aku rasa fragmentasi itu... hanyalah pemanasan," kata Raka sambil menatap Sinta.

"Aku setuju. Rasanya ada yang lebih gelap... lebih cerdas," balas Sinta, matanya menelusuri setiap bayangan di sekeliling.

Mereka berdua tahu: untuk menuntaskan misteri kota ini, mereka harus menemukan **petunjuk terakhir**, informasi yang selama ini disembunyikan oleh jaringan yang disebut "Mata Tersembunyi." Petunjuk itu dipercaya mampu membuka tabir fragmentasi, menghubungkan semua peristiwa aneh, hilangnya orang, dan manipulasi ruang yang mereka alami selama ini.

Jejak Pertama

Raka mengeluarkan ponsel, meskipun sinyal di kota tua itu sering hilang, ia berhasil menyalakan peta digital yang menunjuk ke sebuah gedung tua di ujung kota. Gedung itu, menurut arsip lama, dulunya merupakan kantor pusat Mata Tersembunyi sebelum dibakar pada tahun 1987. Meski sebagian besar bangunan runtuh, beberapa ruang masih utuh, dan dari sinilah petunjuk terakhir diyakini berada.

"Kita harus masuk. Tidak ada cara lain," ucap Raka, menatap Sinta dengan tegas.

"Kalau itu jebakan fragmentasi?" tanya Sinta, suaranya bergetar meski ia mencoba tetap tenang.

"Maka kita harus hati-hati. Tapi kita tidak bisa mundur sekarang," jawab Raka.

Mereka memasuki gedung itu melalui pintu samping yang sudah terlepas engselnya. Debu beterbangan ketika kaki mereka menapak lantai kayu yang rapuh, dan udara di dalam lembab, bercampur dengan aroma besi tua. Setiap langkah mereka terdengar nyaring, menggema seperti peringatan.

Di salah satu ruangan, Raka menemukan sebuah laci tua yang terkunci. Dengan sedikit usaha, ia membuka laci itu dan menemukan tumpukan dokumen, sebagian sudah hancur dimakan waktu. Namun ada satu map yang tersusun rapi, berbeda dari dokumen lainnya. Map itu berisi diagram fragmentasi, catatan tangan, dan simbol-simbol yang tampaknya **mewakili hubungan antara orang, tempat, dan peristiwa yang sebelumnya tampak acak**.

"Ini... ini mungkin petunjuk terakhir," bisik Raka, matanya membara melihat pola yang mulai muncul.

"Baca dengan hati-hati. Fragmentasi bisa muncul di mana saja," ujar Sinta, menatap sekeliling ruangan yang gelap.

Pesan Tersembunyi

Raka menelaah dokumen itu lebih dalam. Ada catatan samar tentang seorang "Pengendali Bayangan"—orang yang mampu memanipulasi fragmentasi dan menggunakannya untuk mengatur kota. Nama itu muncul berulang, dengan simbol lingkaran yang melingkari beberapa kata kunci: **"Kepercayaan," "Pengkhianatan," dan "Rasa Takut"**.

Sinta menemukan catatan lain, terselip di balik papan kayu yang lapuk:

"Orang yang takut akan memihak pada bayangan. Hanya yang berani menerima gelapnya diri sendiri bisa melangkah ke cahaya. Fragmen akan menguji hingga titik terendahmu."

Pesan itu mengingatkan mereka pada lorong bawah tanah yang mereka lalui sebelumnya. Fragmentasi memang tidak hanya menghadirkan ancaman fisik, tapi juga psikologis. Dan sekarang, catatan itu mengungkap bahwa fragmentasi bisa dikontrol, setidaknya sebagian, jika seseorang memahami **aturan mainnya**.

"Kalau kita bisa memahami pola ini... mungkin kita bisa memprediksi fragmentasi berikutnya," kata Raka sambil menunjuk diagram.

"Atau... kita akan terjebak lebih dalam lagi," jawab Sinta, matanya menatap bayangan di sudut ruangan, seakan ada yang mengamati mereka.

Perangkap yang Tak Terlihat

Saat mereka meneliti lebih lanjut, lantai gedung itu bergetar ringan. Sebuah suara mekanik terdengar, diikuti dengan bisikan yang samar:

"Kau pikir bisa mengalahkanku?"

Raka dan Sinta menoleh, tapi ruangan kosong. Mereka menyadari fragmentasi tidak hanya menyerang melalui ruang atau bayangan, tapi **melalui suara dan sugesti**. Fragmentasi mencoba menanamkan rasa putus asa, agar mereka salah langkah.

"Kita harus tetap fokus. Jangan panik," ujar Raka.

"Tapi setiap langkah terdengar seperti jebakan," kata Sinta, menahan napas saat menatap lantai yang bergetar di bawah kaki mereka.

Mereka memutuskan untuk memecahkan teka-teki pada diagram fragmentasi. Diagram itu menandai titik-titik di seluruh kota: rumah-rumah tua, gang sempit, dan beberapa lokasi yang tampaknya tidak signifikan. Tetapi ketika disambungkan, titik-titik itu membentuk **peta yang menuju gudang tua di tepi sungai**, tempat di mana pengendali bayangan diyakini bersembunyi.

"Ini dia... petunjuk terakhir. Kita harus ke sana," kata Raka.

"Kita harus bergerak cepat. Fragmentasi akan mendeteksi setiap langkah kita," jawab Sinta.

Bahaya Meningkat

Mereka meninggalkan gedung tua itu dan berjalan menuju sungai. Kota Nirmala yang sebelumnya tampak biasa kini terasa **penuh jebakan tersembunyi**. Setiap gang, setiap sudut, bahkan lampu jalan yang berkedip tampak seperti alarm untuk fragmentasi. Mereka menyadari fragmentasi sekarang **lebih cerdas, lebih adaptif**, memanfaatkan setiap kelemahan psikologis mereka.

Di tengah perjalanan, Raka melihat sesuatu yang mengerikan: bayangan sosok wanita yang tampak familiar, seperti Sinta, melayang di atas jalan. Sosok itu menatap mereka dengan mata kosong, lalu menghilang seketika.

"Itu... tidak nyata, kan?" tanya Sinta, suaranya gemetar.

"Tentu saja itu fragmentasi. Jangan biarkan ia memecah kita," jawab Raka.

Mereka semakin berhati-hati, mengandalkan cahaya kristal untuk mendeteksi bayangan dan jebakan. Fragmentasi kini muncul dalam bentuk **serangan simultan**: ilusi bayangan, manipulasi ruang, dan bisikan yang merusak fokus mereka. Raka mulai menyadari bahwa mereka **hanya punya satu kesempatan** untuk menyelesaikan misi ini tanpa terperangkap selamanya.

Pertemuan dengan Mata Tersembunyi

Setelah menempuh jalan berliku dan berbahaya, mereka tiba di gudang tua tepi sungai. Gudang itu tampak sunyi, namun aura misteri menyelimuti seluruh bangunan. Di dalam, mereka menemukan seorang pria tua yang duduk di kursi goyang, menatap mereka dengan mata tajam. Pria itu adalah **pengendali bayangan**, orang yang selama ini memanipulasi fragmentasi untuk menjaga rahasia kota Nirmala.

"Kalian... akhirnya sampai juga," kata pria itu dengan suara tenang tapi penuh ancaman.

"Kami datang untuk menghentikan fragmentasi. Tidak ada lagi yang harus kau sembunyikan," ujar Raka dengan tegas.

"Fragmentasi... bukan musuh yang bisa kau hancurkan. Ia adalah refleksi dari kota ini, dari diri kalian sendiri," jawab pria itu sambil tersenyum tipis.

Pria itu mulai menjelaskan rahasia yang selama ini tersembunyi: fragmentasi muncul karena ketakutan, pengkhianatan, dan keinginan manusia untuk mengendalikan sesama. Mata Tersembunyi menjaga keseimbangan antara manusia dan fragmentasi, tetapi beberapa orang menyalahgunakan kekuatan ini untuk kepentingan pribadi.

"Petunjuk terakhir... bukan hanya peta atau dokumen," kata pria itu. "Kalian harus menghadapi fragmentasi dalam diri sendiri. Hanya dengan menerima semua kegelapan dan kelemahan kalian, kalian bisa menaklukkan fragmentasi di luar."

Raka dan Sinta menyadari, petunjuk terakhir ini bukan hanya fisik, tapi juga **psikologis dan filosofis**. Fragmentasi hanyalah cerminan dari ketakutan dan keraguan mereka sendiri.

Kesadaran Baru

Raka menatap Sinta. Mereka berdua mulai memahami inti dari perjuangan ini: fragmentasi bukan sekadar musuh luar, tapi ujian batin. Jika mereka ingin mengakhirinya, mereka harus bersatu, menerima ketakutan, mengakui kesalahan, dan mempercayai satu sama lain.

"Kita harus siap. Fragmentasi akan muncul lagi, tapi sekarang kita tahu... bagaimana menghadapinya," kata Raka dengan penuh tekad.

"Ya... kita tidak lagi berjuang sendirian," jawab Sinta, menatap Raka dengan mata yang penuh keyakinan.

Dengan pemahaman ini, mereka menyiapkan diri untuk menghadapi fragmentasi dalam bab berikutnya, yang akan membawa mereka ke **klimaks penuh ketegangan**, pertempuran final, dan pengungkapan rahasia yang selama ini tersembunyi.

Bab 20. Jejak Terakhir Fragmentasi

Kabut tipis menutupi sungai Nirmala ketika Raka dan Sinta melangkah keluar dari gudang tua di tepi air. Lampu jalan memantulkan cahaya di permukaan sungai yang bergelombang, seolah menari-nari mengikuti ritme detak jantung mereka. Setelah memahami bahwa fragmentasi bukan sekadar bayangan fisik, tapi cerminan ketakutan dan keraguan, mereka kini menatap kota dengan perspektif baru: fragmentasi bisa muncul di mana saja, kapan saja, dalam bentuk apa saja.

"Kita harus siap menghadapi semuanya," kata Raka, matanya menelusuri bayangan bangunan di seberang sungai.

"Aku masih merasakan ada sesuatu yang menunggu... sesuatu yang lebih besar dari kita," balas Sinta, suaranya rendah, tapi penuh tekad.

Mereka tahu: fragmentasi tidak akan menunggu, dan jejak terakhir fragmentasi adalah **pusat energi kota Nirmala**, tempat semua kekacauan dan manipulasi fragmentasi berasal.

Lorong Sungai yang Terlarang

Raka dan Sinta mengikuti peta yang sebelumnya ditemukan, menuju sebuah terowongan tua yang terhubung ke sungai. Terowongan itu gelap, lembap, dan beraroma besi karat. Setiap tetesan air terdengar seperti detik jam yang menghitung mundur.

"Kalau fragmentasi menyerang... jangan panik," kata Raka, menyalakan senter dan memegang erat kristal ungu yang mereka temukan sebelumnya.

"Aku tidak akan... tapi aku merasakan... seolah ada ribuan mata yang menatap kita," jawab Sinta.

Mereka melangkah lebih dalam. Tiba-tiba, dinding di sekitar mereka tampak bergerak, seperti cairan gelap yang menelan cahaya. Fragmentasi muncul bukan hanya sebagai bayangan, tapi **seperti ruang**

itu sendiri menolak kehadiran mereka. Lorong yang tadinya lurus kini tampak berputar, memutar arah, dan bahkan jarak yang mereka tempuh terasa berlipat ganda.

"Ini... fragmentasi yang paling kuat yang pernah kita hadapi," bisik Raka, keringat menetes di pelipisnya.

"Kita harus tetap fokus... jangan biarkan ilusi ini memecah kita," ucap Sinta, menatap bayangan gelap yang seolah mengikuti langkah mereka.

Serangan Fragmentasi

Ketika mereka hampir mencapai ujung lorong, fragmentasi menyerang dalam bentuk fisik dan psikologis. Bayangan sosok orang-orang hilang muncul di setiap sudut, berbisik kata-kata yang menimbulkan rasa bersalah dan ketakutan terdalam mereka.

"Kau tidak cukup baik... Kau akan gagal..." suara-suara itu menggema di kepala mereka.

Raka menahan tangan Sinta, menyadari bahwa mereka harus **percaya pada satu sama lain** untuk tetap waras. Dengan menyalakan kristal ungu secara bersamaan, mereka mampu menetralkan sebagian fragmentasi. Cahaya kristal memaksa bayangan itu memudar, meninggalkan rasa dingin yang menusuk tulang.

"Kita hampir sampai... aku bisa merasakannya," kata Raka, menembus lorong yang semakin memutar.

"Tetap tenang... jangan tergoda untuk lari atau menyerah," balas Sinta.

Mereka sampai di sebuah pintu besi tua, berkarat, dengan simbol lingkaran dan tiga titik yang sama seperti diagram fragmentasi yang mereka temukan. Ini adalah **pintu terakhir menuju pusat fragmentasi**, tempat di mana semua misteri kota Nirmala akan terungkap.

Pusat Fragmentasi

Begitu pintu dibuka, mereka memasuki ruang besar yang tampak seperti ruang kendali kuno. Di tengahnya, terdapat **bola cahaya fragmentasi**, berputar perlahan, memantulkan bayangan kota yang hancur dan menyebar ke segala arah. Di sekeliling bola, layar-layar holografik menampilkan wajah-wajah orang yang hilang, lokasi-lokasi misterius, dan catatan rahasia yang seolah hidup.

"Inilah... pusat fragmentasi," bisik Sinta. Matanya menatap bola cahaya yang berputar seperti galaksi mini.

"Setiap fragmentasi di kota ini... dikendalikan dari sini," kata Raka, suaranya rendah tapi tegas.

Mereka memahami bahwa fragmentasi selama ini bukan hanya fenomena acak, tapi **sistem yang diciptakan dengan kecerdasan, hampir hidup sendiri**. Mereka kini berdiri di jantung kekuatan yang selama ini membayangi kota.

Konfrontasi dengan Pengendali Bayangan

Tiba-tiba, pria tua yang mereka temui sebelumnya muncul lagi—tapi kali ini wujudnya lebih gelap, seolah menjadi satu dengan fragmentasi.

"Kalian akhirnya sampai. Tapi kalian tidak akan bisa mengendalikannya," kata pria itu dengan senyum yang menakutkan.

"Fragmentasi bukan milikmu, dan tidak akan kau gunakan untuk mengendalikan orang lagi!" teriak Raka.

Pertarungan dimulai. Fragmentasi menyerang mereka melalui bayangan yang membentuk sosok-sosok menakutkan, lorong-lorong yang tiba-tiba runtuh, dan suara-suara yang menanamkan keraguan. Raka dan Sinta saling mendukung, menggunakan cahaya kristal untuk menahan serangan.

"Kita harus fokus pada inti fragmentasi... bola cahaya itu!" kata Sinta.

"Benar! Itu pusatnya. Kalau kita bisa menghancurkannya, fragmentasi akan runtuh," balas Raka.

Mereka maju, menghindari serangan bayangan, dan menyalakan cahaya kristal secara bersamaan pada bola fragmentasi. Bola itu bergetar hebat, memancarkan gelombang energi yang hampir menjatuhkan mereka.

"Ini... terlalu kuat!" teriak Sinta, tetapi Raka menahan tangannya, menguatkan tekad mereka.

Dengan kekuatan gabungan, mereka berhasil menahan bola fragmentasi cukup lama untuk mengaktifkan kristal ungu sepenuhnya. Cahaya memancar ke seluruh ruangan, fragmentasi berteriak dalam bentuk bayangan yang pecah-pecah, dan bola cahaya akhirnya meledak, meninggalkan gelap yang sunyi, namun menenangkan.

Kebenaran Terungkap

Di tengah keheningan, pria tua itu tersenyum dan menghilang. Holografik di ruangan mulai memudar, meninggalkan dokumen terakhir yang mengungkap rahasia kota:

1. Fragmentasi adalah refleksi dari ketakutan dan pengkhianatan manusia.
2. Mata Tersembunyi bukanlah musuh, tapi penjaga keseimbangan antara manusia dan fragmentasi.
3. Mereka yang bisa menghadapi fragmentasi adalah mereka yang mampu menerima sisi gelap diri sendiri.

Raka dan Sinta keluar dari gudang, merasakan udara segar sungai Nirmala. Kota tampak tenang, meski bayangan fragmentasi masih samar di beberapa sudut—tanda bahwa misteri tidak sepenuhnya hilang, tetapi mereka kini lebih kuat, lebih siap, dan lebih sadar.

"Kita berhasil... fragmentasi terkendali," kata Raka, menatap Sinta dengan lega.

"Ya... tapi jejaknya masih ada... dan mungkin suatu hari muncul lagi," jawab Sinta.

Mereka berjalan menjauh, meninggalkan gudang tua, menuju matahari pagi yang mulai menyinari kota Nirmala. Fragmentasi mungkin masih ada, tapi kota kini aman—setidaknya untuk sementara.

Bab 21. Fragmen Kota yang Tersisa

Matahari belum sepenuhnya meninggi, tapi kota Nirmala sudah mulai bergerak. Jalanan beraspal yang basah oleh hujan semalam memantulkan cahaya pagi yang pucat. Raka dan Sinta berjalan perlahan di sepanjang tepi sungai, menyisakan langkah di trotoar yang sepi. Udara pagi membawa aroma lumpur, sampah basah, dan sesuatu yang lebih samar, sesuatu yang tak bisa dijelaskan—seperti sisa energi fragmentasi yang tersisa di kota.

"Aku masih merasakan fragmentasi... meski inti bola itu sudah hancur," kata Sinta, matanya menelusuri gedung-gedung tua yang menempel di tepi sungai.

"Ya... seperti luka yang belum sembuh sepenuhnya," jawab Raka, menggenggam kristal ungu yang kini terasa hangat di tangannya.

Mereka tahu bahwa menghancurkan pusat fragmentasi hanyalah awal. Kota Nirmala masih memiliki **fragmen-fragmen kecil**, sisa energi fragmentasi yang tersembunyi di sudut-sudut kota, di bangunan tua, bahkan dalam pikiran manusia yang rapuh. Untuk memastikan keselamatan, mereka harus menelusuri **fragmen kota yang tersisa**.

Kembali ke Lorong Misterius

Langkah pertama membawa mereka ke lorong-lorong sempit di daerah tua kota. Lorong ini dulu hanya sekadar jalur pembuangan air, kini berubah menjadi labirin bayangan. Lampu jalan kuning menggantung di atas, beberapa mati, beberapa berkedip, menciptakan pola cahaya yang memecah konsentrasi.

"Ini tempat yang sama... tapi sekarang lebih... hidup," kata Sinta, menunjuk bayangan yang bergerak sendiri di dinding.

"Hati-hati... fragmen bisa muncul di mana saja," balas Raka, menyalakan senter dan mengarahkan cahaya ke lorong di depan mereka.

Mereka menelusuri setiap celah, mencari tanda-tanda energi fragmentasi. Setiap langkah membawa mereka semakin dekat ke **gedung tua yang dulu menjadi pusat administrasi kota**, tempat beberapa dokumen fragmentasi terakhir disimpan.

Pertemuan Tak Terduga

Saat mereka memasuki lorong paling gelap, suara langkah lain terdengar. Perlahan, sosok muncul dari bayangan, seorang pria paruh baya dengan mantel lusuh dan topi yang menutupi wajahnya.

"Kalian berani datang ke sini... itu berarti kalian mencari kebenaran," kata pria itu dengan suara rendah.

"Siapa...?" tanya Raka, menegang.

"Namaku Arif... aku pernah bekerja dengan pusat fragmentasi. Aku tahu sebagian rahasianya... tapi kalian harus berani menghadapi sisa fragmen yang lebih berbahaya daripada sebelumnya," jawab pria itu.

Arif membawa mereka ke sebuah ruangan kecil di balik dinding gedung tua. Di dalamnya terdapat peta holografik kota, dengan titik-titik merah yang berdenyut, menandakan lokasi fragmen fragmentasi yang tersisa.

"Setiap fragmen ini adalah potensi kehancuran... dan mereka tersembunyi di tempat-tempat yang tak pernah kalian sangka," kata Arif sambil menunjuk layar.

Raka dan Sinta menyadari bahwa fragmentasi yang tersisa tidak hanya fisik, tapi juga psikologis, menguasai ketakutan, penyesalan, dan ambisi manusia. Untuk menghentikannya sepenuhnya, mereka harus menghadapi **fragmen dalam manusia sendiri**.

Jejak Fragmentasi di Kota

Mereka memulai perjalanan, mengikuti titik-titik merah di peta. Pertama, mereka ke **Pasar Lama**, tempat pedagang dan pengunjung yang hilang kini tercatat sebagai bayangan fragmentasi.

Di sana, suara-suara misterius menggema di antara bangunan tua:

"Kau gagal... kau akan jatuh..."

Sinta menutup telinganya, tapi Raka menatap bayangan yang muncul di pojok pasar. Bayangan itu meniru orang-orang yang pernah mereka kenal, memaksa mereka menghadapi rasa bersalah dan keraguan.

"Ini lebih dari sekadar bayangan... ini fragmen psikologis," kata Raka.

"Kita harus tetap fokus... jangan menyerah pada ilusi ini," balas Sinta, menyalakan kristal ungu.

Cahaya kristal memaksa bayangan memudar sementara, tapi mereka tahu ini hanya sementara, fragmen akan kembali di lokasi berikutnya.

Fragmen yang Memanipulasi Waktu

Setelah pasar, mereka menuju **Stasiun Kereta Tua**. Fragmen di sini lebih berbahaya: ia memanipulasi persepsi waktu. Raka dan Sinta berjalan di platform yang kosong, tapi detik-detik terasa berulang, mereka seolah berjalan di lingkaran waktu yang tak berujung.

"Kita harus tetap bergerak... jika tidak, kita akan terjebak selamanya," kata Sinta, matanya menatap jam tua yang jarumnya berputar liar.

"Aku merasakan fragmentasi menempel pada kita... mencoba membuat kita menyerah," ucap Raka sambil menarik tangan Sinta.

Dengan kekuatan kristal, mereka menembus lingkaran waktu, menyadari bahwa fragmen ini mencoba menghancurkan mental mereka sebelum menyerang fisik. Mereka keluar dari stasiun dengan napas terengah, tapi semangat tetap membara.

Pengejaran dan Ancaman Baru

Mereka belum selesai. Titik fragmen berikutnya berada di **Gedung Perpustakaan Kota**, gedung tua yang dulu menjadi pusat penelitian fragmentasi. Saat memasuki gedung, mereka disambut oleh bayangan hitam yang bergerak cepat, menyerupai manusia tetapi terlalu cepat untuk dilihat dengan jelas.

"Fragmen ini... lebih agresif daripada sebelumnya," kata Raka.

"Kita harus bekerja sama... jangan biarkan fragmen memisahkan kita," balas Sinta.

Mereka mengejar bayangan itu melalui lorong-lorong perpustakaan, menemukan **buku-buku tua yang memancarkan energi fragmentasi**. Buku itu mengandung catatan rahasia eksperimen fragmentasi, dengan diagram rumit dan simbol yang membingungkan. Setiap kali mereka membuka halaman, fragmen muncul lebih nyata, memaksa mereka menghadapi ketakutan terdalam.

"Aku... aku merasakan semua kesalahan yang pernah kulakukan... fragmentasi membuatku meragukan diriku sendiri," kata Sinta, suaranya gemetar.

"Aku juga... tapi kita harus menghadapinya bersama," jawab Raka, menyalakan kristal dengan lebih terang.

Cahaya kristal menetralkan sebagian fragmen, namun bayangan itu menempel di dinding, di lantai, bahkan di udara, mengintai setiap langkah mereka.

Rahasia Tersembunyi di Fragmen

Setelah berjam-jam menelusuri gedung, mereka menemukan **ruang bawah tanah tersembunyi**. Di sana terdapat sisa perangkat fragmentasi, mesin kuno yang seharusnya menghentikan fragmentasi, tapi diabaikan karena terlalu berbahaya.

"Ini... kunci untuk menghentikan fragmen yang tersisa," kata Arif yang ikut mengikuti mereka.

"Kalau kita mengaktifkannya, ada risiko fragmentasi meledak... tapi kalau tidak, kota akan tetap berisiko," jawab Raka.

Mereka menghadapi dilema moral dan risiko fisik: apakah harus mengambil risiko besar demi keselamatan kota? Raka dan Sinta saling menatap, menyadari bahwa keputusan ini akan menentukan nasib Nirmala.

Dengan tekad bulat, mereka menyalakan mesin. Ruangan bergetar hebat, lampu berkedip, dan bayangan fragmentasi muncul dalam bentuk paling ekstrem—tangan-tangan, wajah, dan sosok yang menjerit.

"Ini... terlalu nyata...!" teriak Sinta.

"Kita harus bertahan... hingga mesin bekerja!" jawab Raka, menahan tangan Sinta.

Setelah beberapa menit yang terasa seperti jam, mesin berhenti bergetar, cahaya kristal menyebar ke seluruh kota melalui jaringan fragmen, menetralkan sisa fragmentasi.

Ketegangan Menyisakan Misteri

Mereka keluar dari gedung, ke udara segar malam yang dingin. Kota tampak tenang, tetapi Raka merasakan sesuatu:

"Fragmen... belum sepenuhnya hilang. Ada sesuatu yang masih menunggu, tapi aku tidak bisa merasakannya sekarang," kata Raka.

"Mungkin memang begitu... misteri tidak pernah benar-benar selesai," balas Sinta, menatap bintang yang mulai muncul di langit Nirmala.

Mereka tahu bahwa sisa fragmen ini akan menjadi tantangan terakhir sebelum klimaks cerita, kejar-kejaran terakhir, pengungkapan pelaku, dan pertarungan menentukan nasib kota akan terjadi di Bab 22 dan 24.

Bab 22. Kota dalam Cengkeraman Terakhir

Malam menelan kota Nirmala dengan kelamnya yang pekat, hanya ditemani lampu jalan yang berkelip dan bayangan bangunan tua yang menjulang. Raka dan Sinta berdiri di jembatan tua yang menghubungkan dua sisi kota, menatap sungai yang mengalir perlahan, seolah menahan rahasia terselubung di dasar airnya yang gelap.

"Ini akan menjadi malam yang menentukan," kata Raka, matanya menyapu seluruh sudut kota yang kini terasa berbeda, penuh bayangan dan ketegangan.

"Aku bisa merasakannya... fragmentasi yang tersisa bergerak lebih cepat, lebih liar," jawab Sinta, menyalakan kristal ungu di tangan, cahaya lembutnya menembus gelap.

Mereka tahu malam ini adalah ujian terakhir. Fragmen-fragmen yang tersisa telah menyatu menjadi satu kesadaran baru, menyerupai **makhluk bayangan raksasa yang bergerak di balik kota**, memanipulasi cahaya, suara, dan waktu untuk mengendalikan setiap pikiran yang rapuh.

Ancaman Muncul dari Setiap Sudut

Langkah pertama mereka adalah **memeriksa daerah pusat kota**, tempat gedung-gedung tinggi menyembunyikan fragmen yang belum mereka temui. Setiap lorong, setiap gang sempit, tampak hidup dengan bayangan yang bergerak sendiri. Suara-suara samar terdengar dari dinding, menyerupai bisikan:

"Kalian tidak akan berhasil... ini milik kami..."

Raka dan Sinta saling menggenggam tangan, memastikan bahwa fokus mereka tetap pada tujuan. Mereka berjalan melewati gang-gang sempit, dan setiap bayangan tampak menempel pada mereka, menolak cahaya kristal yang mereka bawa.

Tiba-tiba, sebuah **figura hitam besar muncul di tengah jalan**, menyebarkan kabut gelap yang membuat lantai dan dinding tampak menelan cahaya. Fragmen ini tidak lagi statis, ia bergerak seperti makhluk hidup, mengendus ketakutan, menembus ruang dan waktu untuk menyerang.

"Bersiaplah... ini fragmentasi terakhir yang kita hadapi sebelum inti kota," kata Raka, menyalakan kristal dengan kekuatan penuh.

"Aku siap... tapi ini terasa lebih kuat daripada sebelumnya," balas Sinta.

Mereka maju, melangkah dengan hati-hati. Setiap detik terasa seperti jam, setiap langkah bisa berarti kematian atau terjebak selamanya dalam bayangan.

Jejak Pelaku Terungkap

Di tengah pertarungan dengan bayangan, holografik tiba-tiba muncul di udara, menampilkan wajah-wajah yang familiar, wajah para pemimpin kota, termasuk beberapa yang telah lama hilang. Salah satu wajah muncul lebih jelas: **Menteri Kesejahteraan Kota Nirmala**, yang ternyata adalah otak di balik fragmentasi.

"Jadi... ini kau yang mengendalikan semua fragmentasi itu," kata Raka dengan suara gemetar, tapi tegas.

"Kau salah... fragmentasi bukan untuk dikendalikan. Mereka hanya bisa dimanfaatkan oleh orang yang memahami kekuatan mereka," suara holografik itu bergema, menembus ruang dan waktu.

Mereka menyadari bahwa fragmentasi bukan sekadar fenomena alam, tetapi eksperimen yang dirancang untuk menguji batas manusia, dan kini, kota berada dalam **cengkeraman eksperimen itu sendiri**.

"Kalau kita tidak menghentikannya sekarang... kota akan menjadi labirin fragmentasi selamanya," kata Sinta, menatap sungai yang gelap di bawah mereka, seolah menunggu sesuatu yang akan muncul.

Kejar-Kejaran di Atas Gedung

Untuk menghentikan fragmentasi, mereka harus mencapai **Menara Jam Kota**, tempat perangkat terakhir fragmentasi berada. Langkah mereka tidak mudah, fragmen memanipulasi ruang, memutar jalan, menambah gangguan di setiap sudut.

Raka dan Sinta berlari di atap gedung, melompat dari satu gedung ke gedung lain, dengan fragmentasi menempel di belakang mereka seperti bayangan gelap yang hidup. Setiap loncatan terasa berbahaya, tapi mereka tidak bisa berhenti.

"Awas!" teriak Raka, ketika fragmen memunculkan balok besi jatuh dari gedung, hampir menimpa mereka.

"Cepat... jangan lihat ke belakang!" teriak Sinta, menggenggam kristal yang kini menyala terang seperti matahari mini.

Di tengah kejar-kejaran, mereka menemukan **jalan rahasia melalui pipa tua**, menghindari sebagian fragmen, tapi tidak semua. Bayangan memantul di dinding, menyerupai tangan yang mencoba menangkap mereka.

"Kita harus tetap tenang... fragmentasi ingin kita panik," kata Raka, menarik napas dalam-dalam.

Mereka berhasil sampai di lantai paling atas Menara Jam, di mana perangkat fragmentasi terakhir menunggu, mesin yang bisa memutus hubungan fragmentasi dengan kota, tetapi dengan risiko besar.

Pertarungan Akhir dengan Fragmen

Begitu mereka mendekati perangkat, fragmentasi muncul dalam bentuk **makhluk bayangan raksasa**, setinggi gedung, dengan ratusan mata yang menatap tajam ke arah mereka. Suara-suara bergema:

"Kalian tidak pantas... pergi... kembali ke dunia nyata..."

Sinta menyalakan kristal dengan kekuatan penuh, cahaya menembus bayangan, tapi makhluk itu bergerak cepat, menyerang dengan bayangan yang bisa memotong tubuh.

Raka dan Sinta berkoordinasi:

- Raka menahan serangan bayangan di sisi kiri.
- Sinta menembus sisi kanan dengan cahaya kristalnya.

Pertarungan berlangsung seperti **sinema slow-motion**, setiap bayangan yang tersingkap menampilkan kota Nirmala yang hancur, dan setiap pukulan kristal menimbulkan ledakan cahaya ungu yang memecah gelap.

"Kita hampir sampai... jangan menyerah!" teriak Raka, sementara makhluk itu mengaum, bayangan menelan sebagian lantai.

"Aku di sini... kita harus selesaikan ini sekarang!" balas Sinta, menekan panel terakhir perangkat fragmentasi.

Ledakan Fragmentasi dan Kota yang Terselamatkan

Setelah menekan panel, perangkat bergetar hebat. Ledakan cahaya ungu menyebar ke seluruh kota, memecah bayangan, menetralkan fragmentasi, dan menghancurkan makhluk bayangan raksasa.

Bangunan-bangunan yang hampir runtuh tampak stabil kembali, bayangan lenyap, dan udara terasa lebih ringan. Kota Nirmala perlahan bangkit dari cengkeraman fragmentasi.

"Kita berhasil... fragmentasi terkendali... setidaknya untuk saat ini," kata Raka, menunduk, kelelahan tapi lega.

"Ya... tapi aku masih merasa ada sesuatu yang tersisa... misteri yang belum selesai," balas Sinta, menatap cahaya bulan yang memantul di sungai.

Mereka menyadari bahwa fragmentasi memang bisa dikendalikan, tapi **ketakutan, keraguan, dan rahasia kota masih menjadi fragmen yang harus dijaga**. Kota selamat, tapi ancaman tetap ada.

Persiapan Menuju Penutup

Bab ini menutup dengan Raka dan Sinta berdiri di atas Menara Jam, menatap kota Nirmala yang kini tampak damai, sementara kristal ungu masih bersinar lembut. Mereka tahu: Bab 23 dan 24 akan menjadi pertarungan terakhir dengan **pengkhianatan terakhir, fragmentasi psikologis, dan rahasia tersembunyi dari masa lalu kota**.

"Ini baru permulaan malam terakhir... setelah ini, kita akan menghadapi semua yang tersisa," kata Raka, menatap ke arah kota.

"Dan kita harus siap... untuk apapun yang menunggu di Bab berikutnya," balas Sinta, menggenggam tangan Raka dengan erat.

Cahaya kristal menyebar ke langit malam, seperti memberi sinyal: fragmentasi memang berkurang, tapi misteri kota masih menunggu untuk diungkap sepenuhnya.

Bab 23. Pengkhianatan di Balik Bayangan

Dingin malam menyelimuti kota Nirmala. Cahaya lampu jalan yang temaram memantul di jalanan basah, seolah menandai jejak langkah yang akan berubah menjadi jebakan. Raka dan Sinta masih berdiri di Menara Jam, kristal ungu yang mereka bawa memancarkan cahaya lembut, menembus kabut tipis yang mulai naik dari sungai.

Mereka berpikir kota telah aman. Fragmen yang mengancam telah dikalahkan, bayangan besar yang menelan gedung-gedung kini lenyap. Namun, perasaan tidak nyaman mengintai, ketenangan ini tampak terlalu sempurna, seperti ketenangan sebelum badai.

"Aku masih merasa ada yang salah," kata Sinta, matanya menelusuri lorong-lorong kota yang kini terlihat sepi.

"Aku juga merasakannya. Fragmen yang tersisa... sepertinya ada yang tersisa di dalam kota, tapi bukan yang kita hadapi kemarin malam," jawab Raka, menarik napas panjang.

Mereka memutuskan untuk memeriksa **kantor pusat pemerintahan kota**, tempat perangkat fragmentasi terakhir ditempatkan dan di mana bukti pengendali fragmentasi tersembunyi. Namun, langkah mereka disambut oleh suasana yang berbeda, sunyi, tapi tegang, seolah dinding dan langit sendiri menonton setiap gerakan mereka.

Jejak Pengkhianatan

Begitu sampai di lobi gedung, Raka melihat **dokumen yang berserakan** di lantai. Kertas-kertas itu tampak seperti arsip biasa, tetapi saat disentuh, kristal ungu Sinta bereaksi, cahaya memancar lebih kuat, menunjukkan bahwa dokumen itu terhubung dengan fragmen yang tersisa.

"Dokumen ini... mungkin kunci untuk mengetahui siapa sebenarnya yang mengendalikan fragmen," kata Raka, memungut lembaran pertama.

Sinta menatap layar holografik yang muncul di udara. Wajah-wajah familiar kembali bermunculan—tapi kali ini, wajah-wajah itu tampak memutar, membelok, seolah menampilkan versi berbeda dari diri mereka. Tiba-tiba holografik **menyorot satu nama**: Arya, kepala keamanan kota yang selama ini mereka percaya.

"Arya...? Tapi dia sudah bersama kita sepanjang waktu," bisik Sinta, matanya melebar.

"Itulah masalahnya. Tampaknya dia yang memanipulasi fragmentasi, tapi diam-diam," jawab Raka, nada suaranya serak.

Mereka merasa dikhianati. Arya bukan hanya salah satu orang yang dipercaya, tapi juga seseorang yang mereka anggap teman. Kini, seluruh kota seolah menjadi papan catur, dan mereka baru menyadari bidak yang selama ini mereka anggap aman, ternyata lawan tersembunyi.

Fragmen Psikologis dan Bayangan Masa Lalu

Ketika mereka berdua menelusuri dokumen lebih jauh, kota Nirmala tiba-tiba berubah. Lampu jalan berkelap-kelip, suara-suara samar bergema di setiap sudut. Bayangan mulai menembus dinding, membentuk sosok-sosok yang menakutkan:

- Bayangan seorang anak kecil yang menangis di lorong sempit.
- Bayangan wanita tua yang menatap tajam dari jendela kosong.
- Bayangan Raka sendiri, yang tersenyum dengan senyum licik.

"Ini... fragmentasi psikologis," kata Sinta sambil menahan napas. "Mereka ingin kita takut, ragu, dan saling mencurigai."

Raka menyadari hal itu. Fragmen yang tersisa bukan hanya fisik, tapi **psikologis**, menggali ketakutan, kecurigaan, dan kenangan masa lalu untuk melemahkan mereka. Setiap bayangan tampak hidup, menyusun jebakan mental untuk memecah konsentrasi mereka.

"Kita tidak boleh panik... ingat tujuan kita," tegas Raka, menggenggam tangan Sinta. "Kita harus mencari Arya, sebelum kota benar-benar jatuh ke tangan fragmentasi."

Perburuan di Lorong Kota Tua

Mereka meninggalkan kantor pemerintah dan menyusuri **lorong-lorong kota tua**, tempat yang dulu penuh cerita lokal dan kehidupan sehari-hari. Sekarang, lorong itu terasa asing, dipenuhi kabut dan bayangan. Setiap langkah terdengar bergema, seperti kota itu sendiri bernafas dan mengikuti mereka.

Di salah satu sudut lorong, mereka menemukan **tanda-tanda keberadaan Arya**, bekas kaki, kristal kecil yang bersinar redup, dan catatan yang ditinggalkan dengan tulisan tangan samar. Catatan itu berisi petunjuk rumit:

"Jika kalian ingin menghentikan fragmentasi terakhir, ikuti bayangan yang tersisa... tapi hati-hati, tidak semua yang terlihat nyata benar adanya."

"Ini seperti permainan labirin," kata Sinta, mengamati catatan itu dengan seksama. "Setiap petunjuk bisa jebakan."

Mereka mengikuti tanda itu, tetapi semakin mereka menyusuri lorong, fragmentasi psikologis semakin intens. Bayangan mulai **menyerupai teman-teman mereka sendiri**, mengucapkan kata-kata yang memancing rasa bersalah dan ketakutan.

"Kamu tidak pantas menjadi penyelamat kota," suara itu bergema, mirip dengan teman mereka.

"Aku... aku harus tetap fokus," Raka menjawab, menahan napas dan menyalakan kristal lebih terang.

Setiap langkah membawa mereka lebih dekat ke Arya, tapi juga semakin dalam ke dalam labirin psikologis kota.

Pertemuan dengan Arya

Akhirnya, mereka tiba di **panggung rahasia di bawah tanah kota**, tempat Arya menunggu dengan wajah dingin dan tersenyum tipis. Ruang itu penuh kristal fragmentasi, menyala dengan cahaya ungu yang menakutkan.

"Selamat datang, Raka... Sinta," kata Arya, suaranya lembut tapi mengancam.

"Kenapa kau melakukan ini? Kau teman kami!" teriak Raka.

"Teman? Aku hanya melindungi rahasia kota... dan memastikan fragmentasi bisa digunakan dengan benar. Kalian terlalu naif jika berpikir kota bisa diselamatkan tanpa pengorbanan," jawab Arya.

Sinta menatap Raka dengan panik. Mereka sadar Arya bukan hanya pengkhianat, tapi **pemegang fragmentasi terakhir**, yang memiliki kekuatan untuk memutus atau memperkuat fragmentasi kapan saja. Kota, fragmentasi, dan hidup mereka sekarang berada di ujung pisau.

Pertarungan di Ruang Kristal

Raka dan Sinta menyerang Arya dengan kristal mereka, tetapi Arya **menguasai manipulasi bayangan**, setiap serangan mereka dipantulkan oleh bayangan fragmentasi yang mengikuti gerakan mereka. Ruang itu bergetar, kristal berderap memantulkan cahaya ungu ke seluruh dinding.

"Kalian pikir bisa mengalahkanku begitu saja? Fragmentasi selalu menemukan jalannya!" teriak Arya, melompat ke tengah ruang dengan kecepatan yang luar biasa.

Raka dan Sinta bekerja sama:

- Raka mengalihkan perhatian Arya dengan cahaya kristal yang berputar.

- Sinta menembus sisi lain ruang dengan cahaya lebih tajam, menghancurkan kristal bayangan yang menempel di Arya.

Setiap serangan memunculkan ledakan cahaya ungu, memecah bayangan fragmentasi, tetapi ruang itu mulai runtuh di sekitar mereka. Suara batu yang jatuh dan gemuruh membuat jantung mereka berdegup lebih cepat.

Pengungkapan Terakhir

Di tengah pertarungan, Arya tertangkap oleh cahaya kristal Sinta. Bayangan yang menempel padanya pecah, dan Arya jatuh terduduk, wajahnya memucat.

"Fragmentasi... itu bukan tentang kekuasaan... tapi tentang rasa takut kalian sendiri," kata Raka sambil menahan napas.

"Kalian melihatnya sebagai musuh... tapi sebenarnya, fragmentasi adalah cerminan kota dan hati manusia. Kita hanya bisa mengendalikannya jika kita mengendalikan diri sendiri," balas Arya, suaranya lemah namun tajam.

Mereka menyadari kebenaran: pengkhianatan Arya adalah bagian dari fragmentasi psikologis, untuk memaksa mereka menghadapi ketakutan terdalam, pengkhianatan, dan kesalahan masa lalu kota. Arya sendiri bukan sepenuhnya musuh, tapi korban dari eksperimen fragmentasi yang telah membingungkan semua orang.

Raka dan Sinta meninggalkan ruang bawah tanah, membawa Arya yang lemah, menyadari bahwa fragmentasi psikologis telah benar-benar diuji. Kota Nirmala aman untuk sementara, tapi mereka tahu Bab 24 akan menjadi **pertarungan terakhir**, menghadapi fragmentasi yang tersisa, rahasia masa lalu, dan pertarungan moral yang menentukan nasib kota.

"Babak terakhir hampir tiba... kita harus siap untuk menghadapi semua bayangan yang tersisa," kata Sinta, menatap langit malam yang mulai cerah di ufuk timur.

"Ya... kita tidak hanya melawan fragmentasi, tapi juga diri kita sendiri," jawab Raka.

Kristal ungu mereka bersinar perlahan, menandakan fragmen terakhir sedang dipersiapkan untuk pengendalian total, menyiapkan panggung bagi klimaks penuh ketegangan di Bab 24 dan 25.

Bab 24. Pertarungan di Hati Kota

Matahari pagi mulai menyingsing di kota Nirmala, tapi keheningan yang seharusnya menenangkan justru terasa tegang. Jalanan basah dari hujan semalam memantulkan cahaya oranye dari lampu kota yang masih menyala, menciptakan refleksi yang tampak seperti sungai api kecil di antara trotoar dan gedung tua. Di kejauhan, Menara Jam menjulang, bayangannya memanjang menembus kabut tipis, seolah menandai panggung terakhir bagi pertarungan yang tak terelakkan.

Raka dan Sinta melangkah cepat, membawa Arya yang lemah tapi masih sadar. Mereka tahu fragmentasi tersisa tidak hanya ada di kristal dan bayangan fisik, tapi juga di setiap sudut kota, di setiap lorong, jendela, dan bahkan pikiran penduduk yang tak menyadari bahaya yang mengintai.

"Kita harus menuju pusat fragmentasi," kata Raka sambil menunjuk ke Menara Jam, "di sana fragmentasi terakhir sedang memusat."

"Tapi kalau kita ke sana, kita akan menghadapi semua bayangan yang tersisa... termasuk yang bisa menyerang pikiran kita," jawab Sinta, matanya menatap jalanan yang sepi tapi terasa hidup.

Jalan Menuju Pusat Fragmentasi

Lorong-lorong kota tua kini dipenuhi kabut ungu tipis, emanasi dari fragmentasi yang masih aktif. Setiap langkah yang mereka ambil membuat bayangan bergerak di tepi penglihatan mereka—kadang menyerupai teman, kadang menjadi bentuk menyeramkan dari diri mereka sendiri.

"Raka... lihat itu," bisik Sinta, menunjuk sebuah bayangan di dinding yang tampak seperti **Raka versi lebih tua**, tersenyum sinis.

Raka menelan ludah. Dia sadar ini bukan sekadar ilusi; fragmentasi telah memanipulasi bayangan mereka, menembus pikiran mereka, dan memunculkan ketakutan terdalam: kegagalan, kehilangan, dan pengkhianatan.

Di persimpangan jalan, mereka menemukan **patung kota yang pecah**, di mana setiap fragmen kristal menempel di mata patung, memancarkan cahaya ungu. Cahaya itu menuntun mereka ke lorong bawah tanah, di mana suara gemuruh terdengar dari jauh.

"Ini... pusat fragmentasi," kata Arya dengan napas berat, "kita harus cepat... atau kota akan terseret ke dalam kekacauan permanen."

Fragmentasi Menjadi Hidup

Begitu masuk ke lorong bawah tanah, mereka dihadapkan pada pemandangan menakutkan. Kristal fragmentasi yang besar berpendar ungu, melayang dan berputar seolah menari dalam irama sendiri. Bayangan-bayangan memanjang di dinding, dan suara-suara bisikan terdengar di telinga mereka:

- "Kamu tidak bisa menang..."
- "Kota ini milikku..."
- "Raka... Sinta... kalian terlalu lemah."

Raka menyalakan kristal miliknya. Cahaya yang keluar menembus kabut, menghancurkan beberapa bayangan sementara, tapi beberapa bayangan lain bergerak lebih cepat, memutar jebakan psikologis mereka.

"Jangan terpengaruh suara itu! Itu hanya fragmen yang mencoba melemahkan kita," teriak Sinta, memegang lengan Raka.

Arya, meskipun lemah, mulai membantu mereka. Dengan menggunakan pengetahuan tentang fragmentasi, dia menahan beberapa bayangan, menandai jalur yang bisa dilewati Raka dan Sinta.

"Kita harus menuju inti kristal itu. Semua fragmentasi terakhir terkonsentrasi di sana. Kalau kita bisa menghancurkannya, kota selamat," kata Arya.

Pertarungan Fisik dan Psikologis

Mereka menavigasi lorong sempit yang berliku-liku, sampai tiba di **ruang inti fragmentasi**. Ruangan itu besar, penuh kristal ungu yang berpendar terang, bayangan berputar di udara seolah menari di antara cahaya dan kegelapan. Di tengah, terdapat **fragmen utama**: kristal besar yang memancarkan energi mematikan.

"Itu dia... sumber semua kekacauan," kata Raka, menatap kristal dengan tegang.

Bayangan segera menyerang. Kali ini, fragmentasi memanifestasikan **versi masa lalu mereka sendiri**, menampilkan memori-memori menakutkan:

- Raka melihat adiknya yang hilang, memanggilnya dalam kepanikan.
- Sinta melihat orang tua yang terluka, menuduhnya gagal melindungi.

"Kalian tidak bisa menang... kalian tidak pantas!" teriak bayangan, suara mereka bercampur antara nyata dan ilusi.

Raka dan Sinta berjuang untuk tetap fokus. Kristal mereka bersinar terang, memecah bayangan, tapi setiap pecahan bayangan memunculkan dua bayangan baru. Fragmentasi ini bukan hanya fisik—ini adalah perang psikologis, yang menuntut mereka untuk menghadapi rasa bersalah, ketakutan, dan penyesalan terdalam.

"Kita harus melawannya bersama, bukan sendirian," kata Raka, menggenggam tangan Sinta. "Jika kita ragu, kita kalah."

Dengan koordinasi sempurna, mereka menyerang kristal inti. Cahaya kristal mereka memantul di dinding, menghancurkan bayangan yang tersisa dan mengalihkan energi fragmentasi.

Pengkhianatan Kedua

Saat mereka hampir mencapai kristal inti, Arya tiba-tiba terhenti, menatap dengan pandangan kosong.

"Arya... apa yang terjadi?" teriak Sinta.

Tanpa peringatan, Arya menyingkir dan mencoba mengambil kristal inti itu sendiri. Kristal miliknya menyatu dengan inti fragmentasi, menyebabkan ledakan cahaya ungu yang membuat Raka dan Sinta terlempar.

"Arya! Kenapa kau melakukan ini?!" Raka berteriak, berdiri dengan susah payah.

Arya menatap mereka, matanya kosong tapi suaranya tegas:

"Kalian tidak mengerti... fragmentasi ini bukan hanya senjata. Ini cara untuk memurnikan kota dari kelemahan kalian! Aku harus melakukannya sendiri!"

Tapi Arya tidak menyadari satu hal—fragmentasi kini terlalu tidak stabil. Kristal inti bereaksi terhadap ketamakan dan ego, mulai retak, memancarkan energi yang tidak terkendali.

Raka dan Sinta harus mengambil keputusan cepat: apakah mereka menyerang Arya untuk merebut kristal, atau mundur dan menyusun strategi baru?

Kerjasama dan Pengorbanan

Raka memutuskan untuk mengambil risiko. Dia menyerang Arya dengan cahaya kristal yang telah diperkuat oleh Sinta. Arya mencoba menahan serangan itu, tapi kristal inti mulai retak lebih parah.

"Aku... tidak ingin ini terjadi... tapi... ini satu-satunya cara," kata Raka dengan nada berat.

Sinta menyalurkan semua energi kristal ke arah inti, membentuk gelombang cahaya ungu yang besar. Fragmen terakhir meledak dengan suara gemuruh, membentuk cahaya yang memancarkan energi ke seluruh ruang. Arya terlempar, jatuh terduduk, lemah tapi masih hidup.

"Raka... Sinta... kalian berhasil..." Arya berbisik, menatap kristal yang hancur. "Kota... selamat... tapi aku..."

Raka menatap Arya dengan campuran kemarahan dan simpati. Fragmentasi telah menguji mereka semua, dan mereka menyadari bahwa pengkhianatan Arya adalah bagian dari eksperimen fragmentasi yang terlalu jauh.

Setelah Pertarungan

Kota Nirmala kini perlahan kembali normal. Kabut ungu menghilang, lampu jalan bersinar terang, dan lorong-lorong kota kembali sunyi. Raka dan Sinta keluar dari pusat fragmentasi, membawa Arya yang lemah.

"Apakah ini akhirnya selesai?" tanya Sinta, matanya lelah tapi lega.

"Sepertinya... untuk sekarang," jawab Raka, menatap langit pagi yang cerah.

Mereka tahu fragmentasi fisik telah dihancurkan, tapi bayangan psikologis akan selalu meninggalkan bekas. Kota selamat, tetapi pengalaman itu telah mengubah mereka selamanya.

Arya, meskipun lemah, tersenyum samar:

"Fragmentasi... bukan hanya tentang kekuatan, tapi tentang memahami diri sendiri. Kalian sudah membuktikannya."

Raka dan Sinta saling menatap, tersenyum lelah, tapi tekad mereka semakin kuat. Kota ini selamat, tapi mereka tahu Bab 25 akan menjadi penutup yang menentukan, di mana rahasia terakhir dan nasib Arya, fragmentasi, dan kota akan diungkap sepenuhnya.

Bab 25. Jejak di Langit Senja

Kota Nirmala perlahan menenangkan diri setelah badai fragmentasi yang menghancurkan sebagian besar pusat kota dan membiarkan bayangan-bayangan psikologis yang tersisa memudar. Matahari senja menyinari gedung-gedung tua, memantulkan cahaya oranye ke jalanan basah, menciptakan atmosfer magis yang sekaligus menenangkan dan penuh teka-teki. Di atas langit, awan tipis membentuk bayangan samar, seolah menandakan bahwa meski fragmentasi fisik telah lenyap, beberapa rahasia masih tersisa—di langit, di bayangan, dan di hati setiap penduduk kota.

Raka, Sinta, dan Arya berdiri di puncak Menara Jam, memandang kota yang perlahan kembali normal. Wajah mereka lelah, tubuh mereka penuh luka dan goresan, tapi mata mereka bersinar dengan kepuasan. Mereka telah melewati pertarungan yang tidak hanya menguji kekuatan fisik, tetapi juga ketahanan mental dan moral.

"Kau lihat itu?" kata Sinta, menunjuk ke jalan-jalan kota yang kini kembali ramai. "Orang-orang berjalan seperti biasa, tanpa tahu apa yang baru saja kita lalui."

Raka mengangguk, matanya menatap horizon senja. Dia menyadari bahwa sebagian besar penduduk kota tidak akan pernah mengerti apa yang sebenarnya terjadi, bahwa kota ini hampir terjerumus ke dalam kekacauan permanen karena fragmentasi, dan bahwa mereka bertiga adalah garis terakhir pertahanan.

"Mereka tidak tahu, tapi itu bukan berarti mereka aman," kata Raka dengan nada serius. "Fragmen psikologis mungkin hilang, tapi trauma dan ketakutan... itu tetap ada. Kita harus memastikan mereka bisa melanjutkan hidup."

Sinta menatap Raka, lalu menoleh ke Arya yang duduk di dekat mereka, tampak lemah tapi tersenyum samar. Arya menatap mereka dengan mata yang tidak sepenuhnya damai, ada sesuatu yang masih tersisa dalam dirinya, sebuah rahasia yang belum sepenuhnya diungkap.

Rahasia Arya

Arya menarik napas panjang, lalu berbicara dengan suara yang berat tapi tegas:

"Aku... fragmentasi ini tidak sepenuhnya hilang. Aku merasakannya masih bergetar di dalam kota, walaupun inti kristal sudah hancur. Dan aku... aku merasakannya juga dalam diriku sendiri."

Raka menatap Arya, hatinya mencelos. Mereka semua tahu bahwa fragmentasi bukan sekadar fenomena fisik, tapi juga metafora dari ketakutan, dendam, dan kekuatan gelap yang ada di setiap individu.

"Apa maksudmu?" tanya Sinta, suaranya gemetar.

Arya menunduk, menatap tangannya sendiri yang bergetar samar.

"Ketika aku mencoba mengambil kristal inti... aku terserap sebagian energi fragmentasi. Itu memberiku kekuatan, tapi juga meninggalkan... sesuatu. Sebuah jejak, sebuah bayangan yang tak bisa kuhapus."

Raka dan Sinta saling bertukar pandang. Mereka sadar bahwa meski fragmentasi fisik telah lenyap, ancaman psikologis dan metaforis masih ada, terutama dalam diri Arya.

"Kau harus melepaskannya," kata Raka. "Kalau tidak, itu akan mempengaruhi kota lagi."

Arya tersenyum samar, tapi ada kesedihan di matanya.

"Mungkin... atau mungkin aku harus belajar hidup dengannya. Seperti kota ini, kita harus belajar hidup dengan bayangan kita sendiri."

Refleksi Kota

Mereka turun dari Menara Jam, melewati jalanan yang perlahan kembali normal. Pedagang membuka toko mereka, anak-anak bermain di trotoar, dan lampu-lampu kota mulai menyala satu per satu. Namun di beberapa sudut, Raka melihat kilatan cahaya ungu samar, fragmen kecil yang tersisa, tanda bahwa fragmentasi, meski telah terkonsolidasi, tidak sepenuhnya hilang.

"Lihat itu..." bisik Raka kepada Sinta. "Fragmen kecil itu... sepertinya masih ada."

Sinta menatap kilatan itu, merasakan ketegangan yang tersisa.

"Itu... mungkin bagian dari jejak fragmentasi," kata Sinta, "jejak yang tidak terlihat oleh orang biasa, tapi ada di sekitar kita."

Mereka berdua sadar bahwa kota ini, meski aman untuk saat ini, tetap memiliki sisi misterius. Fragmen kecil itu seperti peringatan bahwa beberapa rahasia dan ancaman tidak akan pernah sepenuhnya hilang, bahkan ketika kita berpikir semuanya telah berakhir.

Jejak di Langit Senja

Raka menatap langit senja, di mana awan membentuk pola aneh, seperti jejak yang tertinggal setelah badai. Dia merasakan sesuatu yang tidak bisa dijelaskan—sebuah panggilan, atau mungkin pengingat bahwa perjalanan mereka belum benar-benar selesai.

"Jejak di langit senja... itulah yang kita tinggalkan," kata Raka dengan suara lirih. "Kita telah mengalahkan fragmentasi, tapi jejaknya... tetap ada. Di kota ini, dan mungkin di kita sendiri."

Sinta menepuk bahu Raka, menatap langit yang berwarna oranye keunguan.

"Kita selamat, setidaknya untuk sekarang. Tapi aku rasa, kota ini akan selalu meninggalkan misteri di setiap sudutnya. Dan kita... kita adalah bagian dari misteri itu sekarang."

Arya tersenyum samar, meski tubuhnya masih lemah. Dia menatap langit senja, seolah melihat sesuatu yang tidak bisa dilihat oleh yang lain.

"Jejak itu... adalah pengingat. Bahwa kekuatan, bayangan, dan ketakutan... akan selalu ada, tapi bukan berarti kita kalah. Kita bisa memilih bagaimana menghadapi jejak itu."

Pertemuan Terakhir

Mereka berjalan ke arah alun-alun kota, di mana beberapa penduduk mulai berkumpul untuk menyaksikan senja. Seorang anak kecil berlari melewati mereka, menatap Raka dan Sinta dengan rasa ingin tahu.

"Kamu... kalian terlihat seperti pahlawan," kata anak itu polos.

Sinta tersenyum lembut.

"Mungkin... tapi pahlawan juga punya ketakutan," katanya, menatap anak itu. "Yang penting adalah belajar menghadapinya."

Raka menatap Arya, lalu menatap kota yang mulai bernafas normal.

"Kita berhasil melewati badai... tapi aku rasa kita harus tetap waspada. Jejak di langit senja ini... bukan hanya untuk kita lihat. Ini untuk kita ingat."

Arya mengangguk. "Dan ingatan itu... akan menjaga kota ini, dan diri kita sendiri, tetap sadar akan apa yang pernah terjadi."

Kesimpulan dan Misteri yang Tersisa

Saat matahari benar-benar tenggelam, langit Nirmala berubah menjadi campuran oranye, ungu, dan biru gelap. Lampu-lampu kota menyala, memantulkan cahaya di jalanan basah, menciptakan suasana sinematik yang menenangkan namun tetap penuh misteri.

Raka, Sinta, dan Arya berdiri di puncak menara kecil di alun-alun, menatap kota yang kini tampak damai.

"Kita selamat... tapi fragmentasi, jejak bayangan, dan rahasia kota ini... akan selalu ada," kata Raka, lirih.

Sinta menatapnya, tersenyum samar. "Setidaknya, kita tahu bagaimana menghadapi bayangan kita sendiri. Dan itu... lebih penting daripada apa pun."

Arya menunduk, menatap tangannya yang masih bergetar samar. "Aku... akan belajar menghadapinya. Setiap jejak, setiap bayangan... itu bagian dari kita, dan bagian dari kota ini."

Langit malam semakin gelap, tapi cahaya senja masih tersisa di horizon, meninggalkan jejak oranye dan ungu yang memukau. Jejak itu seolah berbicara: kota selamat, pahlawan selamat, tapi misteri dan rahasia tetap ada, siap menunggu siapa saja yang berani menelusurinya lagi.

Dan di kejauhan, di salah satu sudut kota yang remang, sesosok bayangan tampak bergerak, tidak terlalu jelas, hanya cukup untuk membuat udara terasa dingin. Jejak di langit senja itu... memang tidak akan pernah benar-benar hilang.

Tamat

Don't miss out!

Visit the website below and you can sign up to receive emails whenever Dayat Suryana publishes a new book. There's no charge and no obligation.

https://books2read.com/r/B-A-WJVDD-VSHOH

Connecting independent readers to independent writers.

www.ingramcontent.com/pod-product-compliance
Lightning Source LLC
LaVergne TN
LVHW051023051026
849532LV00004BA/1348
* 9 7 9 8 2 3 2 8 9 6 3 2 4 *